Desde el tintero

Varios Autores

Segunda antología de Atacama Press

Atacama Press

Primera edición: Mayo 2016. Atacama Press, Dallas, Texas, Estados Unidos.

info@atacamapress.com • www.atacamapress.com

Edición literaria: Claudia Martínez Echeverría

Diseño de portada: Kristha Archila

Diseño y diagramación de interiores: Atacama Press

ISBN–13: 978–0692687093

ISBN–10: 0692687092

"La patria del escritor es su lengua".

Francisco Ayala

CONTENIDOS

INTRODUCCIÓN

EL TERRITORIO COMÚN DE LA LENGUA

Provenientes de los más diversos puntos del planeta, los escritores presentes en esta antología logran coincidir en un territorio común, invisible tal vez, pero no por ello menos potente o real: la lengua.

El castellano se da cita en las páginas de este libro para mostrarnos las distintas visiones de mundo arraigadas en la mirada particular de cada autor, visión influida y modelada, por supuesto, por el lugar de origen.

La mayoría de ellos son de Latinoamérica, ya sean residentes de Estados Unidos o avecindados en otros continentes, todos contagiados por la misma fiebre de contar historias.

Nuevamente tengo el honor de atestiguar el tesón de un grupo de escritores dispuesto a tallar la idea para darle forma, modelar el verbo para darle vida, tolerar las largas horas de soledad que la escritura implica, para salir airosos del otro lado, más fuertes, más decididos y con más herramientas para crear estos mundos de palabras.

De tal manera me hago parte de este movimiento que continúa creciendo en el norte de Texas y que, desde aquí, funda una patria nueva y compartida en nuestra lengua.

Con orgullo les presento esta nueva colección de relatos escritos por los alumnos y los colaboradores de Atacama Press. Amigos que, como en años anteriores, me sorprenden por la versatilidad de sus plumas y por lo que nace desde sus tinteros.

Andrea Amosson
Directora de Atacama Press

JUAN ALVAREZ

Juan Ramón Alvarez Rivera nace en la Ciudad de México en una noche del diez de septiembre de ya hace algunos ayeres. Es Ingeniero en Electrónica por la Universidad Autónoma Metropolitana Azcapotzalco y con una maestría en Dirección Empresarial por la Universidad del Tepeyac. Le gustan mucho los deportes, y por herencia familiar jugó futbol profesional en un par de equipos de la ciudad de México hasta que se dio cuenta que a la larga el estudio le daría mejores recompensas.

Sus padres, Teresita y Toñito, le inculcaron el gusto además del hábito de la lectura, que actualmente comparte con su esposa Ana y su hijo Joaquín, a quienes, lo adivinaron, les encanta leer también. Sin experiencia en el ámbito de la escritura, fue introducido por medio de su amiga Pia Marino al Taller de Escritura creativa que dirige Andrea Amosson, despertando en él ese interés de expresarse por medio de la pluma. Sus constantes viajes por motivos de trabajo también alimentan esa caja de historias y relatos alojados en su mente. Tal y como Juan lo menciona, sus metas en esto de la escritura se verán reflejadas hasta donde la tinta lo lleve.

Actualmente vive en la ciudad de Allen, Texas, en donde reside desde el año de 1999.

EL REY DEL BARRIO

La vida parece sonreírle porque es el rey del barrio, todos lo conocen y saben quién es... o al menos eso es lo que parece.

Siempre bien vestido, al último grito de la moda; trajes de buena hechura (como traídos de alguna de esas tiendas muy caras), zapatos con lustre que puedes verlos brillar mientras camina.

Su corte de cabello es moderno. Los galanes de las telenovelas se quedan cortos al lado de este personaje.

Le encanta ir a los lugares más caros para comer: un buen corte de carne un día, una pasta exquisita para otra ocasión, un pescadito traído de la costa para seguirle... y así hasta el fin de semana en donde se atiende como soberano. Es derrochador de ese dinero que parece tener a manos llenas. Lo recibe en grandes cantidades y todo mundo sabe que es de negocios de dudosa reputación.

Y de dudosa reputación son sus andadas. La leyenda de la calle cuenta que es un tipo sin piedad con aquellos que se interponen en su camino y en sus negocios. No muestra remordimiento después de que "su gente" le ha dado una paliza a ese charlatán de alguna banda rival. Se ha llegado a murmurar a sus espaldas, por miedo a caer de su gracia, que tiene un par de asesinatos en su haber. Por supuesto que no se le ha comprobado nada hasta ahora.

Se enoja con la facilidad que da el saberse dueño de vida y obra de lo que ocurre en el vecindario, en el barrio y en las calles aledañas. Es el no saber cómo va a reaccionar: un momento está bien, de repente algo no le gusta y ya se armó el relajo.

Pero… siempre hay un pero. Y en este caso es que hay otras facetas que la gente no conoce. Que detrás de ese "dandi" que camina al último grito de la moda y con mujeres de dudoso bienestar, hay un hombre que en su hogar es sencillo, sin complicaciones. Llega a su casa y su mujer es la que manda, la que dice la última palabra que él acata sin chistar.

Él ayuda en las cosas de la casa, "porque si no, no sale ni a la esquina", es lo que le dice su mujer.

A pesar de que le gusta ir a esos restaurantes caros y pide los platillos más extravagantes, sólo prueba un poco, el resto se lo deja a su comitiva, porque a él le gusta llegar a casa y comer lo que ese día se preparó para cenar. Le encantan los frijoles refritos, y su sopa de fideos no la perdona. Y todo eso acompañado de su agua de Jamaica (y no esos vinos raros y caros).

El dinero que parece derrochar con sus "amigotes" (como les llama su esposa) es poco en comparación a lo que da a varias instituciones de caridad, de ayuda a la casa de huérfanos. Ese hombre que por fuera parece que es insensible tiene en su diario quehacer el ayudar a los más necesitados. Porque un día estuvo en esa posición y sin futuro. Tuvo que estar en la calle pidiendo para poder comer. Tuvo que cambiar los juegos con los amigos por el trabajo temprano en la abarrotería de la esquina para poder ayudar al sustento de la familia. Esa casa que se quedó sin su padre cuando los abandonó por irse detrás de la aventura disfrazada de faldas. El dolor que se apoderó de su ser no se puede describir más que con lágrimas en silencio. Pero su buen corazón no permite que la amargura tenga cabida en su persona, y sólo busca que no se repita la historia en su casa.

Si está en estos negocios turbios no es por elección sino porque no hay de otra. Y no quiere que eso les pase a los niños de su barrio. A esos pequeños que todavía tienen la inocencia pintada de sonrisa en sus rostros. A ellos que tienen el alma tan pura como el sueño de correr tras esa pelota y con ser los héroes de su equipo de futbol cuando crezcan.

Esa "oportunidad" de unirse a la banda le llegó como una simple invitación a un "juego" en el que él sólo tenía que cumplir con los mandados, y poco a poco le fue tomando la medida a las actividades cada vez más riesgosas, pero que pagaban más. Por eso quiere que haya más tiempo para los niños y que lo disfruten, que tengan a su familia como su núcleo y guarida para sentir cariño, y que aprendan en la escuela y no en la calle.

Y sobre todo… con dos niños que tiene en casa. Esos que cuando llega le están esperando despiertos para oír el cuento antes de dormir y darle su beso de las buenas noches. Ellos que le dan esa razón de ser mejor día a día. Los que le dibujan una sonrisa con la facilidad que da la inocencia de la edad. Y él quiere que todo esté bien para ellos.

Ese es otro hombre. ¿Y cómo es que lo sé?, se preguntarán ustedes... Bueno... una madre sabe eso y más de su propio hijo.

EL DOLOR DE ADOLAR

Los músicos ya habían iniciado la afinación de los instrumentos en preparación para la gran noche. Ese evento debía salir bien. Era la noche de estreno de una de las óperas más famosas y, por lo tanto, de las más esperadas de la temporada: *La Euryanthe* de Wagner. Las marquesinas con esas luces iluminando el nombre de la ópera y con los nombres de los principales cantantes en letras negras con un fondo blanco hacen que ese glamur de antaño se vea reflejado ahí. Ahí donde en el escenario se tiene el teatro para las grandes bandas, para los grandes músicos, para los grandes cantantes. En ese escenario donde se han iniciado aquellos que con una gran y educada voz han visto cómo todos los sacrificios, los ensayos, el tocar a todas las puertas por una oportunidad les ha pagado con una parte en una ópera menor para los más, pero para otros el papel estelar y que siempre van a llevar en su corazón. Pero ese lugar también es como un monstruo de siete cabezas porque puede ser la tumba para cualquier cantante que en una mala noche borre de un plumazo todo aquello por lo que ha luchado. El público es soberano. El público manda. Y el público encumbra o sentencia. Depende del lado en que le toque al artista esa noche.

Y es aquí donde se encuentra Ricardo, un joven veterano en esto de las lides de la ópera. Profesión por convencimiento y vocación propia. Al principio de su carrera fue difícil. Sus padres, de naturaleza conservadora, no apreciaban y mucho menos apoyaban la decisión de Ricardo, y por supuesto la ópera no estaba ni en los más remotos y escondidos sueños para su hijo porque no le veían un futuro, a menos que Pavarotti se hubiera reencarnado en él (aunque el cuerpo de Ricardo no hubiese alojado ni medio cuerpo del cantante) y con dos o tres buenas óperas pudiera encaramarse a ese Olimpo de las voces privilegiadas de la ópera.

Nah. No iba a ser así.

Ricardo había picado piedra después de haber ido al Conservatorio Nacional y haber tenido algo más que calificaciones decentes. La práctica diaria fue más bien lo que le fue acomodando las cuerdas vocales para poder convertirse en un buen cantante de este género. No exactamente el Pavarotti que la familia esperaba, pero por algo se debía empezar.

Y ese algo sucedió siete años después de haber tenido pequeñas partes en óperas de dudosa procedencia y autores que a la gente no le sonaban conocidos, y a los expertos ni siquiera les llamaban la atención.

Las partes empezaron a ser cada vez mejores en calidad y en cantidad, y los nombres de las óperas al menos se podían pronunciar sin confundirlos con medicina alemana. La claridad en el conocimiento de los idiomas fue mejorando: el alemán sonaba a alemán; el italiano podía cantarse aunque el público italiano no entendiera muy bien; y así fue creciendo la vida y el nombre artístico de Ricardo. Ahora lo empezaban a reconocer como Don Ricardo Ruvalcaba.

Entonces llegó la oportunidad: una ópera alemana, en un teatro de Austria (qué ironía, parece una escena de la gran guerra) y un empresario y cazatalentos con un presupuesto bajo y dispuesto a jugársela con alguien desconocido para esa puesta en escena. Contactos por aquí, audiciones por allá y un golpe de suerte hicieron el resto. Ricardo se ganó el lugar de co—estrella de la dama principal. El tono de voz adecuado para cantar bien sin robarle la atención del público a ella.

La oportunidad la pintan calva, ahora a aprovecharla, invitar por supuesto a los padres, amigos y uno que otro pariente lejano que siempre aparece cuando alguien se vuelve famoso.

La noche anterior al estreno se programó una cena con todos ellos. Él sólo ordenó un plato ligero, un poco de vino para acompañar la comida y no ser descortés con la familia, pero al salir del restaurante un viento frío y traicionero (como si fuera un tango de Gardel) se cruzó por su camino y su garganta. El resultado a la mañana siguiente fue devastador: una laringitis de perro, y de perro callejero por si fuera poco.

"¿Y ahora qué hago? No, no puede ser. No puedo dejar ir esta oportunidad, no ahora.

Mis padres aquí, no puedo cancelar y darles la ocasión de que me lo echen en cara. Debe haber algo que me ayude. Un médico y la indiscreción serían peor.

¿Miel con limón? ¿Funcionará?

¿Y si sólo no hablo hasta la hora de salir a escena?"

El tiempo siguió su marcha ese día con los preparativos para el estreno. Su realidad lo trajo a ese momento cuando los músicos terminaron de afinar, cuando todos los técnicos y artistas estaban listos para el momento en que el telón se levantara y entonces se empezaron a escuchar las primeras notas de la música que acompañan a los artistas en las escenas iniciales. La dama principal con su dulce y delicada voz, comienza a llenar el espacio y va capturando la atención de la audiencia. Más música, ahora ella prosigue con un diálogo que llega al corazón más que a los oídos de Ricardo. Esas notas le han tocado las fibras más sensibles de su ser. En su mente sólo hay concentración para lo que tiene que hacer al entrar. Lo que Clara, la soprano en su papel de Euryanthe está interpretando, le ha dado la emoción que le mueve a dar lo mejor de sí sin siquiera acordarse o darse cuenta de su garganta. Ahora en su corazón hay algo más que eso, antes de entrar a su primera escena y detrás de bambalinas echa un vistazo a la fila cinco, ahí están sus padres y todo lo que han significado en su vida, con su cara expectante y de orgullo de lo que van a presenciar. Y entonces, Ricardo sigue escuchando las notas de ella, que ahora lo ve entrando a escena, él tomando aire como quien necesita un soplo de vida se encomienda a todos los santos que puede uno pensar en apenas diez segundos y empieza su parte. Su voz empieza un poco "seca", inclusive hace un ademán como de llevarse la mano a la garganta como si quisiera sostener las notas por el dolor que siente por la laringitis, como si necesitara un aditivo para calentar las cuerdas vocales. Pero ya nada lo va a detener. No desafina ni da alguna mala nota.

"No está mal", piensa él. Eso le da confianza para seguir adelante.

Aunque la cara de angustia se refleja tanto que Clara voltea a verlo una vez más como queriendo buscar sus ojos, y entonces en un cruce de miradas en el siguiente diálogo que ella empieza le quiere decir sin palabras que esté tranquilo y que está saliendo bien.

Es entonces cuando todo toma sentido, todo vuelve a la normalidad, esos ojos, ese rostro y sus expresiones son lo que Ricardo necesita para cantar, ahora sí como Pavarotti, ahora sí para dar ese extra que la ocasión amerita. Las notas y tonos que salen de su voz tienen una razón de ser, y en ese momento se da cuenta que Euryanthe, ese personaje, es ese motivo para cantar. Tantos ensayos, tantas notas practicadas, le dan lo que se necesita para seguir adelante, se va acercando a ese personaje sin que se dé cuenta, sin que pueda pensar otra cosa que no sea el dar lo mejor de sí y de que él, en el papel de Adolar y como tenor tiene que estar a la altura para poder triunfar y olvidarse de su problema en la garganta.

Las notas van y vienen. La actuación sigue en un ambiente especial, como mágico, como un teatro de los sueños para Ricardo que, en uno de los momentos finales de esa ópera, y después de su última parte, vuelve a esa fila cinco, ahí, sus padres con lágrimas en el rostro aplauden a rabiar junto con un teatro que revienta por las muestras de euforia por lo que está viendo en el escenario. Y al terminar, cuando el telón ha bajado, Ricardo y Clara tomándose de las manos se miran con una sonrisa de los que se entienden sin palabras. Ella finalmente le dice "Don Ricardo, hoy ha cantado como un verdadero ángel", y él responde, "pero un ángel con laringitis" y los dos echan a reír.

"LA PECAS" Y SU POLICÍA

No eran ni las siete de la mañana cuando ya estaba en las calles. El alba aún no asomaba por el Este de la ciudad, el olor a fresco del otoño todavía se podía sentir en el ambiente. Algunas alcantarillas expulsaban un poco de vapor mañanero como si fuera una escena sacada de esas películas de los años cuarenta.

Rodrigo, un joven de unos 28 años de edad, delgado por la dieta forzosa de su precaria situación más que por otra cosa, usando ropa de segunda mano que ya se nota que no ha sido lavada desde hace algunos ayeres. Su mirada fría que a veces parece que está poniendo atención a algo en particular, y otras simplemente se va con los pensamientos de aquellos tiempos de mejores condiciones que la vida le arrebató.

Huérfano a temprana edad, como las historias de tantos y tantos que se pierden en el anonimato de la gran ciudad, pero que tienen un número fijo en la comandancia de policía. Así es y así pasa. Rodrigo es bien conocido en "su" ambiente de "trabajo" como el "rapidín" porque roba de tal forma que sus víctimas no tienen tiempo de darse cuenta y mucho menos de poder defenderse.

Esa mañana, el hambre caló tanto en su estómago y por eso se despertó más temprano que de costumbre para lanzarse a la calle en busca de algún potencial damnificado del día. Era como tener el menú de algún restaurante y revisar los platillos y su precio: ves a las personas y al menos por la facha puedes elegir el monto del que vayas a sacar provecho de ese "trabajito". Los que vestían elegantemente eran como el plato fuerte y más caro. Los más modestos a veces eran difíciles de diagnosticar y mejor saltárselos e irse directo al postre que eran las señoras grandes o las jóvenes que iban solas.

En ese momento se cruzó en su mirada aquella muchacha de vestido azul, zapatos de tacón, de aspecto refinado y que parecía de mediana edad.

"No está nada mal", pensó Rodrigo.

Y más cuando vio que giró en esa calle no tan transitada, angosta, y que parecía ni mandada a hacer para la escena.

"Ahora es cuando", siguieron a ese pensamiento los apurados pasos para alcanzarla. Al mismo tiempo, en su chamarra, Rodrigo ya tenía en una de las bolsas el cuchillo que pretendía mostrar como parte de su rutina, que no usar, porque no le gustaba mucho la sangre.

Apuró el paso hasta estar a un metro detrás de la chica, apretó el cuchillo con su mano para abordarla, cuando ella se volteó al sentir que alguien venía.

—No me hagas escándalo y todo va a salir bien, mamacita, esto es un asalto —le espetó él. En los ojos de la chica más que miedo se pudo ver una especie de mueca de dolor, y tratando de conservar la calma, como si calculara sus posibilidades. Sólo se llevó una mano al pecho como para calmar al corazón.

Y la sorpresa sería para él cuando escuchó lo siguiente: "No hay problema, señor ladrón, llévese lo que quiera". Y entonces, en medio de ese trance, ella se le quedó viendo fijamente a los ojos y revisando su rostro, como cuando uno ve una pintura de esas raras en las salas de exposición y no le encuentra sentido hasta que le das otra mirada desde otro ángulo. Eso la hizo calmarse un poco.

Incrédula dijo "¿Rodrigo?… ¿Eres tú, Rodrigo?"

Siguieron unos segundos de incertidumbre en la mente del ladrón: "¿Me llamó por mi nombre? ¿Me conoce?". Pensó entre la adrenalina del asalto y el shock de escuchar aquella voz pronunciando su apelativo.

—Estás en un error, ¿por qué me llamas con ese nombre?

—Soy yo, La Pecas, le contestó casi en automático, fuimos juntos a la primaria, bueno, estuvimos en el mismo salón de clase.

"Nooooooo, ¡qué vergüenza!", pensó Rodrigo, que no sabía qué hacer en esos momentos. "Trágame tierra".

—P p p pero, ¿qué dices? —balbuceó, tratando de volver a la compostura.

—Sí, Elizabeth Menchaca, La Pecas, porque si recuerdas, en una actividad de disfraces de la escuela me pinté puntos en todo el cuerpo y de ahí el apodo. Todos se burlaron de mí, menos tú. Y fuiste el único que me apoyó y estuvo conmigo ese día con tu disfraz de policía.

En la mente de Rodrigo no pudo más que dibujarse la ligera mueca que esbozó una sonrisa sólo de recordar aquella escena, y eso le dio la razón a la chica. Y las ironías de la vida, a esa fiesta de disfraces él iba vestido de guardián de la ley y la vida le forzó a vivir como ladrón.

—¿Pero qué te pasó? —preguntó Elizabeth— ¿Qué fue de tu vida que ahora estás así?

En esos momentos, Rodrigo se volteó y empezó a caminar para alejarse de ahí sin contestar, pero ella no iba a dejarlo ir así como así. Lo siguió y continuó hablándole.

—No te vayas, vamos a platicar.

Por respuesta, él sólo dio un bufido con una combinación de rabia, pena, de vergüenza y de otros calificativos que se le venían a la cabeza.

Elizabeth entonces se apuró, dio unos pasos más rápido y se puso enfrente de él e hizo que al parar fijara su vista en sus ojos.

—¡Quieto ahí!, ahora soy yo la que te dice que te detengas y que no te muevas más. Tú estuviste conmigo aquel día de vergüenza para mí, y ahora que la casualidad nos reunió aquí de nuevo, no quiero que te vayas así.

El rostro de ella no había cambiado mucho y sus facciones finas se amoldaban a una mujer con una serenidad y determinación que imponía.

—¿Pero estás loca? ¿Te das cuenta de que soy un ladrón y que estaba a punto de asaltarte?

Las preguntas salían de la boca de Rodrigo una tras otra sin pensarlas siquiera. Y no estaba como para reflexionar en ese momento.

Ella solo atinó a sostenerle la mirada en un tono serio y sin mediar palabra por unos segundos. Entonces él se dio cuenta de que no había forma de salir de esa situación tan fácilmente. Hizo un ademán haciendo los hombros para arriba y soltó un suspiro de resignación.

—No me vas a dejar ir así como así, ¿cierto? —le dijo él en ese momento. Y ella tuvo por respuesta una sonrisa de complicidad. Treinta minutos después se encontraban los dos en un modesto y pequeño restaurante ordenando un par de cafés para ambientar la plática.

Ella empezó a hablar, consciente de que Rodrigo no iba a decir palabra a menos de que algo rompiera su coraza. Elizabeth le dijo que ella no se podía quejar y que había podido terminar una carrera de abogacía, que tuvo la oportunidad de ir al extranjero un par de veces para unos diplomados como socia de un buffet de abogados, y que se había especializado en derecho penal. "Coincidencias que pasan", se decía Rodrigo para sus adentros. Para ella la vida sentimental no tuvo una definición romántica. No iba con sus ideas de independizarse. Después de unos dos o tres intentos con algún compañero de profesión, con un doctor y hasta con un deportista, se dio por vencida a sabiendas de lo que en verdad la seducía era el litigio legal, el andar en los juzgados, que tenía la vida por delante y que prefería ayudar en las causas perdidas.

Y eso era justamente lo que le parecía Rodrigo en ese momento. Con un semblante de derrota que no le venía bien a una facha de un hombre no tan feo, ni tan echado a perder a pesar de sus andadas.

—Cuéntame ahora de ti —le dijo ella tan pronto terminó de darle un sorbo al café que se había medio enfriado después de terminar su relato.

Él, con la duda de lo que debía compartir, empezó diciendo algunas cosas generales. Después, ya más en confianza, le soltó que siendo un pasante de ingeniería le tocó conocer a una muchacha de la que se enamoró como un tonto y después de una noche de copas sucedió lo que tenía que suceder. Se "tuvieron" que casar para disimular lo que se tenía que encubrir y que llegaría algunos meses más tarde. El bebé no logró sobrevivir cuando nació prematuramente, y lo frágil que había entre Rodrigo y su esposa se derrumbó al momento de que él encontró la clásica nota en la mesa con las excusas del porqué aquello no funcionó. Algo que esa mujer trató de esconder y que él averiguó un tiempo después: ella se fue tras las promesas de amor de un hombre maduro, con muchas palabras bonitas, y desde luego con una chequera todavía más llena que le despertaron "el amor" por él.

Eso lo acabó de hundir. No supo cómo ni cuándo pero la depresión lo llevó a esconderse detrás del juego, de las bebidas y de las mujeres cuya profesión se definía como una de las más antiguas de la humanidad. En fin, todo lo que ganaba en un par de empleos de mediano sueldo, lo iba a perder por ahí. Hasta que un día ya no pudo pagar lo que debía y se tuvo que ir lejos. La ira y el dolor de saberse derrotado lo llevó a tomar la decisión de robar. La cochina necesidad de llevarse algo a la boca para comer y de ir de un lugar para otro lo fue ayudando a perfeccionar sus rutinas de "trabajo" con la acostumbrada promesa de que pronto lo dejaría, de que eso no era lo que él quería hacer.

Elizabeth lo escuchó con suma atención. Ella había oído similares historias en su rutina diaria del despacho. No fallaba. Las consecuencias de esas situaciones no llevaban a nada bueno. Pero al escuchar a Rodrigo no pudo evitar el recordar a ese niño que la defendió de los demás y que, sin querer, le dio ese empujón para que esas burlas de la escuela no le impactaran en su forma de ser y le diera un momento de alegría. Ahora ella estaba en la posición de ayudarlo, de darle esa otra oportunidad.

—Lo que tú necesitas ahora es cambiar —le soltó sin más ni más. Y no quiero excusas ni pretextos. Estás grandecito como para entender que no puedes seguir así.

Rodrigo alzó la vista para encontrar la mirada de Elizabeth. Ya en algunas ocasiones había escuchado ese mismo "diagnóstico" y la misma receta de la "medicina" que se necesitaba. Pero al igual que ella, en ese momento, y a lo mejor por lo emotivo que estaba, o por ese recuerdo común entre los dos, algo se le movió en su pensamiento y en su corazón.

Ella le dijo que tenía un par de ideas de lo que podía hacer y en lo que le podía ayudar, pero que habría que hacer algunas llamadas ese día antes de poder concretar algo y hablar de un plan. Que quería verlo en su oficina a la mañana siguiente y que no se preocupara por su situación legal, que siempre hay una solución.

Él, aún sorprendido con lo que estaba pasando, sólo pudo asentir como un acto reflejo en forma de respuesta.

Muchas cosas se le vinieron a la cabeza a la mañana siguiente en cuanto se preparaba para salir de donde malvivía. El corazón se le salía por el pecho por la emoción, por lo que no pudo dormir en la noche. Por otro lado, sus temores siempre estaban ahí, se mostraban en cada momento que pensaba que podía retomar el camino del bien. Y no sabía qué hacer. Las dudas seguían. Llegó a la dirección que le había dado Elizabeth para su reunión. Se puso enfrente del edificio para entrar y esos pensamientos del pasado lo abordaron. Entonces, se armó de valor, tomó un gran respiro de aire, se apuró a pasar la puerta, preguntó a la recepcionista por la licenciada Menchaca, y lo llevaron a la oficina donde ella ya lo estaba esperando.

—Rodrigo! Qué bueno que decidiste venir. Me da mucho gusto. Adelante. Sólo hay un cambio en mis actividades de hoy ya que tengo una junta por atender de un caso de urgencia en el siguiente piso de aquí arriba y regreso contigo. Espero que no tengas inconveniente.

—¡Qué va, mujer! Ve y has lo que tengas que hacer.

Elizabeth se veía muy estresada ese día. Su rostro reflejaba un cansancio que no estaba presente el día anterior. Como si su semblante fuera otro. Ella se fue a su reunión con tal premura que sólo tomó su computadora y dejó su bolso en el escritorio con su cartera y demás pertenencias. El mismo bolso al que Rodrigo ya le había echado el ojo el día anterior.

Él se dio cuenta de la situación en la que estaba cuando ella estaba tomando el ascensor. Lo que se temía estaba pasando. La tentación de tomar lo que no es de él volvió tan sólo un día después de que se había prometido darse una oportunidad. Sus manos comenzaron a temblar y el sudor frío empezó a recorrer su espalda como incitándole a tomarlo y salir de ahí. Y eso fue lo que hizo. Salió de ahí como si la vida se le fuera en ello. Ya cuando se sintió solo y a salvo abrió el cierre y vio la cartera, había dinero suficiente como para ir a comprar una buena botella y volver a olvidar sus penas.

Se fue al otro lado de la ciudad, y ya en el paupérrimo apartamento donde vivía se tomó el licor directo de la botella, como para perderse de su consciencia y de lo que había hecho. Ya con el efecto de alcohol volvió a revisar el bolso y además de los consabidos polvos de maquillaje, llaves y pañuelos, se percató de algo que lo puso a pensar: había también un frasco de medicina con una etiqueta de color vistoso que tenían escrito el contenido e indicaciones de uso, y se dio cuenta de algo que lo dejó helado, que eran pastillas para alguna enfermedad del corazón.

—¿Qué? ¿Enferma? ¡No puede ser!

Sintió que la cabeza le daba vueltas y la borrachera casi se le fue de un golpe. "Con razón se le veía demacrada esta mañana", alcanzó a pensar. Necesito regresarle el medicamento, balbuceó en su camino al baño para echarse agua a la cara y salir de ahí tan pronto como el efecto etílico se lo permitió.

Llegó como pudo cerca de la puerta de la oficina que esa mañana le había parecido como un obstáculo infranqueable, pero se detuvo al ver que varias personas estaban en la recepción, expectantes y algo nerviosas e incluso alguna mujer estaba llorando. Le preguntó a una de ellas qué pasaba, que tenía cita con un abogado del despacho (como pretexto para averiguar más) y le dijeron que hace unos minutos la licenciada Menchaca había fallecido de un paro cardíaco. Cosas de un mal congénito, según lo que se sabía. Que al parecer tuvo una emoción muy fuerte en su despacho, cayó en shock y no encontró su medicina. Las demás palabras que le llegaron a Rodrigo ya no las entendió. Su mente ya estaba muy lejos de ahí. En un infierno que le iba a seguir por toda su vida.

KRISTHA ARCHILA–GIRI

Kristha Archila–Giri nació un 23 de julio de 1974 en la ciudad de Guatemala. Desde niña mostró interés en la literatura, el idioma español y las artes plásticas. Al graduarse de la secundaria, estudió para ser maestra de pre–primaria lo cual le ayudó a descubrir un especial interés por la literatura infantil, latinoamericana y la poesía. Luego estudió Diseño Gráfico en la facultad de Arquitectura de la Universidad Rafael Landívar en Guatemala. En 1999 se mudó a Texas donde estudió Multimedia en el Art Institute de Houston y luego cursó la licenciatura en Artes Plásticas con énfasis en Diseño Gráfico en Texas Woman's University. Trabaja como diseñadora y la escritura es una de sus actividades favoritas, además de la fotografía y la pintura. Ha descubierto en la escritura creativa un mundo de posibilidades que le gustaría explorar en un futuro no muy lejano.

EL PARTO

Hoy es el cumpleaños de Sofía, cumple diez años. Hermoso regalo de la vida, una niña sana que me dice mamá. El día que me enteré de que esperaba una niña, fui muy feliz. Lo deseaba con todo el corazón y se cumplió. La esperaba con ansias y tenía mucha esperanza de verla. Sabía que iba a ser mi amiga, mi compañera inseparable y además quién me devolvería las ganas de vivir.

Recuerdo del primer al tercer mes lo duro que fue, náuseas, y más náuseas. Sin embargo, lo peor eran los desmayos, el llanto, la incertidumbre y el dolor del corazón. No me hacía falta nada, sólo amor. Sufría por la indiferencia de él, el maltrato y la crueldad en su mirada. Sofía lo sabía. Ella escuchaba todo, miraba a través de mis ojos lo que pasaba. Ella que estaba dentro de mí, lo podía sentir.

La angustia no me dejaba dormir, pero me aliviaba pensar en el día en que por fin estaríamos juntas. De noche, mientras dormía, la escuchaba entre mis sueños y me decía "todo va a estar bien mami, ya lo verás. Yo estoy aquí y ya casi voy a salir".

Así transcurrieron otros cuatro meses, Sofía se movía mucho y pateaba. De pronto una llamada telefónica que cambió la espera, era el doctor, Sofía debería nacer antes. "Pero ¿por qué?", le dije al doctor. Entre explicaciones complicadas y mi desesperación, sólo me quedaba rogar que todo saliera bien. Se trataba de una cesárea que no había forma de evadir. Estaba sola en mi tormento, mucho más después de escuchar todas las malas historias que cuenta la gente acerca de los partos por cesárea. Tenía miedo.

Una semana después, mientras preparaba la maletita para irme al hospital, él, parado ahí, sin ninguna emoción o movimiento, dijo fríamente "¿a qué hora es la cita?, lo mejor será que nos encontremos en el hospital" y se fue a trabajar.

Sólo me hacía falta su compañía.

Mientras esperaba a que llegara la hora, los nervios me hacían caminar de un lado a otro en casa, sin saber qué hacer.

"No sé por qué la gente cree que cuando una mujer se embaraza es porque está felizmente casada", le dije a la enfermera que me recibió y me llevó a la sala de preparaciones.

El anestesista llegó e inició su trabajo, mi corazón latía a mil por hora, mi respiración era agitada y la espera, larga. Pasaron veinte minutos después de la dolorosa primera dosis de epidural y era como si no me hubiesen inyectado nada. Mi cuerpo no respondía a la anestesia. El rostro preocupado del profesional lo decía todo. "No puede ser, señora, su cuerpo no responde, voy a intentar de nuevo". Sacó otra dosis y la inyectó.

"Esta vez vamos a esperar más tiempo", dijo. Mi cuerpo empezaba a desgastarse y a debilitarse, mi paciencia estaba casi al límite y el dolor incrementaba. Pasaron cuarenta y cinco minutos y mi cuerpo no se dormía. No funcionó la segunda vez tampoco.

En ese momento pensé en lo masoquista que había sido conmigo misma, en que al estar embarazada era más vulnerable y en que el sufrir era opcional. Pasaban tantas cosas por mi mente y todo empezó a nublarse, la enfermera me puso en una camilla y me llevó al quirófano. Entre cuatro me sentaron en la camilla y sacaron la última dosis posible, la más dolorosa. No sé qué era, era algo muy fuerte. La aguja era larga, fría y yo sentía cómo entraba el líquido por la columna. Sofía me pateaba, me susurraba al oído, "mami, ya casi, lo lograrás, te quiero ver". No me hacía falta nada, sólo recibir a Sofía.

Mi respiración empezó a hacerse más lenta, mi cuerpo paralizado, no podía hablar, tenía la lengua dormida. En el monitor se escuchaba un sonido muy pausado como si mi corazón estuviera dando lo último, la luz roja apenas se movía, pero alcancé a preguntarle a una enfermera si mi hija estaba viva… En ese momento rápidamente me pusieron una mascarilla de oxígeno y ¡escuché el llanto de mi hija!

Mi corazón empezó a latir con normalidad, poco a poco aunque no podía moverme. Miraba sombras y una luz que parecía provenir de un más allá que de pronto desaparecía. Vi las manitas blancas de Sofía moviéndose y su carita que también tenía una mascarilla de oxígeno.

Qué niña tan fuerte, pensé, será brillante como una estrellita que cayó del firmamento.

Sofía nació sana y muy avanzada. El mismo día ya podía levantar la cabecita con mucho pelo. La enfermera sorprendida exclamó "pero que niña más desarrollada". Sofía había estado sentada en el vientre por varios días según lo explicó el doctor y esa fue una de las razones de la cesárea. Siempre estaré agradecida con la vida por habérmela mandado.

Mientras tanto en la sala de espera estaba él, que no entró al quirófano ya que no se lo permitieron. Estaba ansioso de saber de la niña, mas no de mí.

Creí que algo cambiaría al nacer Sofía, pero me equivoqué. La distancia entre él y yo era muy grande y no había nada que nos pudiera acercar como marido y mujer. Hacía falta amor.

Con el paso de los años los corazones separados se agotaron. No había razones para sufrir así. Nunca lo había entendido ni preguntado el porqué de su distancia, creo que por miedo a la respuesta.

Pero un día no pude más. Me acerqué a su escritorio en el estudio de casa y le reclamé "¿por qué eres tan frío conmigo? Tenemos diez años de matrimonio y nunca hemos celebrado un aniversario, nunca hemos ido solos en un viaje, nunca me has dado flores ni un anillo".

Sonrió, respiró profundo y respondió "no entiendes que eres muy difícil de querer. No entiendes que no tenemos dinero para eso. Te usé para tener hijos, que era lo único que me hacía falta por cumplir en la vida. No quería quedarme solo. Quería una familia y ahora la tengo".

Él no era feliz, yo tampoco. Había pasado muchos años fingiendo, sonriendo del diente al labio, quedando bien y aparentando lo que no era. Sofía era mi prioridad y motivación y ya con ocho años era una niña muy inteligente y adelantada en todo. Muy madura para su edad y con mucho talento. No iba a pasarme la vida anhelando que me amaran. Ella se daba cuenta de que su mamá y su papá no se acercaban el uno al otro.

Después de una larga discusión, acordamos el divorcio. Su propuesta fue que yo me quedara viviendo ahí en una habitación y no quiso irse de la casa, entonces tomé a mi hija y le dije "no hay problema, nos vamos Sofía y yo".

Y así lo hicimos.

Con algo de dinero ahorrado pude rentar un apartamento por unos meses y desde hace un poco más de un año vivimos en nuestra propia casa. Sofía tiene un jardín, un huerto y un trampolín en el que salta a diario y se da gusto siendo libre.

Hoy celebramos sus diez años de vida, sonreímos más y nos

preocupamos menos. Siempre recuerdo el día en que nació y nos volvimos inseparables.

LA PARTIDA

Aquella mañana del 21 de abril de 1986 llegamos al aeropuerto y mi voz interior me decía que ya no volvería a ver a mi madre en mucho tiempo.

En aquel lugar sombrío, lleno de nostalgia, me senté en una dura silla de metal. La falda de mi uniforme de cuadros azul y celeste no era suficiente para cubrirme del frío de la despedida. La espera no fue muy larga, sólo miraba a mi madre en la fila de la línea aérea, ya lista para marcharse a buscar un sueño rumbo al País de los Sueños.

Mi corazón de niña no comprendía el mundo de los adultos, mi corazón confundido hablaba conmigo, se sentía solo y triste, no sabía si llorar o no; al fin y al cabo, mis tías me habían dicho en casa que no podía hacer sentir mal a mi madre, ya que ella partía con la mejor intención y para que yo tuviese un futuro mejor. "¿Pero cuál futuro?", me pregunté. "Mi futuro es estar con mi madre", pensé.

Mi abuela no se movió de mi lado, ¡ay, mi abuela que tanto extraño! Ella me dijo, "no estés triste, te quedas conmigo, yo te quiero como una hija".

Mi madre, con el rostro lleno de preocupación, me abrazó y me dijo, "vuelvo en 6 meses hija, por favor no estés triste".

Pero qué sabe una niña de ocho años de estar lejos de su madre. ¿Cómo se hace para no hundirse en la tristeza? A veces los adultos somos tan egoístas que pensamos en el futuro sin saber que el futuro es ahora, y que la vida se vive hoy con nuestros seres queridos.

La silueta de mi madre se iba desvaneciendo al pasar la aduana hasta esfumarse. Mi abuela me tomó de la mano, me acercó hacia ella y abrazándome me dijo "es hora de ir al colegio, no quiero que llegues tarde".

Ese día el camino al colegio fue muy borroso, mis lágrimas eran incontenibles. Lloraba como una niña pequeña, lo cierto es que era una niña pequeña. Fue un día largo y cansador, con muchas preguntas sin respuesta. Sólo la incertidumbre de si un día mi madre regresaría. Por fin sonó la campana de salida, tomé mi mochila y caminé hacia el autobús que me llevaba a casa todos los días. Me senté en el último asiento y recosté mi cabeza sobre la ventana. Sentía tristeza y soledad. Mis amigas reían y platicaban, yo no. Me preguntaban por qué estaba tan triste, y me ofrecían ayuda y consuelo. Eran muy buenas amigas y me querían ver reír como todos los días. De hecho no sé qué hubiera pasado si no hubieran existido ya que esa amistad aún la conservo desde que éramos unas niñas.

El autobús llego a la parada donde yo solía bajarme y empecé a caminar hacia mi casa. Toqué el timbre como siempre y abrió mi abuela. Estaba rara, y sonriente, como que ocultaba algo. Yo no entendía su semblante. No estaba triste, estaba ansiosa. Le dije, "y tu abuelita ¿qué te pasa? ¿Por qué tan contenta?". Mi abuela sonreía más y no decía nada. Por fin respondió: "Mi niña, te tengo una gran noticia que te va a hacer muy feliz". "¿Cuál noticia abuelita, por favor dime?", le dije. En ese momento se asomó una cara conocida y dulce y tal fue mi sorpresa al darme cuenta que era mi madre.

"¡No te fuiste!", grité exaltada y le agradecí que se hubiera quedado, a lo que ella respondió "hija, no hay futuro sin ti, no podía irme y dejarte aquí sin ver como creces y perderme los mejores momentos de mi vida y de tu vida" y, al verme un poco nerviosa, también me aseguró que todo estaría bien, saldríamos adelante.

Yo seguí estudiando, mientras que mi madre y mi abuela montaron un plan para un negocio que abrieron al cabo de cuatro meses, negocio que fue nuestro sustento. Con el correr de los meses, el dolor de aquella partida se fue borrando, dando paso a la tibia felicidad de saber que mi madre me eligió a mí.

LOS AMANTES

Laura trabajaba todo el día en la farmacia que Bill, su marido, le había abierto para que la administrara, con tal de que tuviera más tiempo para estar con los niños.

Una mañana de abril, un hombre joven, que parecía educado y muy bien parecido, se acercó al mostrador.

—Buen día —dijo.

—Buen día —respondió Laura—, ¿qué se le ofrece?

—Quiero unas pastillas para el dolor de cabeza.

Mientras Laura le dio la espalda para abrir el mostrador y sacar las píldoras, él inició una conversación.

—Yo vivo en esta cuadra desde hace muchos años… Soy escritor.

—Qué bien, ¿y qué escribe? —respondió Laura.

—Historias del barrio, de la gente que vive aquí. Siempre te veo…

—Parece interesante —contestó Laura, aunque un poco turbada por el último comentario—. Aquí están las pastillas —agregó, dejándolas en el mostrador.

—No quiero meterme en lo que no me importa —continuó el joven—, pero por mi escritura invento historias y personajes… Me siento en el balcón de mi casa o camino por las calles del barrio, buscando historias. Llevo tiempo observándote… Quisiera decirte algo…

—Pues dime —respondió Laura, de pronto intrigada.

—Yo pienso que debes ir al hotel que está a diez cuadras. El auto de tu marido está siempre estacionado allí alrededor de las tres de la tarde.

—¿Y tú cómo sabes que es mi marido?

—Porque los he visto, ya te decía que vivo aquí desde hace años. Me inspiran las mujeres como tú, trabajadoras y bellas por dentro y por fuera. Veo que te dedicas mucho a la familia y nunca sales, vives para cuidar esto y no sabes qué pasa en el mundo de afuera. Sal, investiga, ve y descubre. Eres mi inspiración desde hace meses, estoy escribiendo una historia basada en ti.

Laura sintió una ola de calor que le subió hasta el rostro, se puso nerviosa y le sudaron las manos. Hacía mucho que no escuchaba tantas cosas bonitas sobre ella. Sonrojada, respondió tartamudeando, "por favor, deja de hablar, que soy una mujer casada" y de inmediato se arrepintió. "El joven sólo está tratando de hacer conversación, ¿o no?", se cuestionó Laura.

—Era lo único que quería decirte —replicó el desconocido—. Si en algún momento me necesitas, estoy cerca. Sigue a tu corazón —y se marchó sin llevarse la medicina.

Laura quedó boquiabierta con lo que había escuchado, porque de pronto la información que recibió no le pareció del todo extraña. Es cierto que cuando llamaba por teléfono a su marido alrededor de las tres de la tarde, la secretaria le informaba que estaba en una reunión fuera. Pero no quiso pensar más, pronto llegarían los niños de la escuela y debía concentrarse en ellos.

Esa noche cenaron en silencio, ella y su marido. Los niños ya dormían, y él se excusó para irse a la cama de inmediato. Laura se quedó sola, como solía ocurrir, en una casa que le pareció grande y vacía. Cuando por fin se fue a acostar, la angustia no le permitió descansar.

Al día siguiente seguía pensando en el desconocido y en lo que le había dicho. No sabía qué hacer, pero la duda se había plantado en su corazón y aunque quería confiar en su marido, ciertas señales le indicaban que quizás ese hombre decía la verdad. Mal que mal, meses después del matrimonio Bill había empezado a ignorarla, hasta casi no prestarle ninguna atención. Por ello y tal vez por la cantidad de veces que se fue a dormir sola, decidió ir a investigar.

"¿Sigue a tu corazón? Quisiera saber qué quiso decir con eso, ¡pero qué atrevido!, soy casada... pero qué cosas lindas dijo de mí... mi marido hace mucho no me las dice".... Murmuraba Laura mientras caminaba hacia el hotel, con paso apurado pero inseguro.

Al llegar, tal y como se lo había dicho el joven, el auto de su marido estaba estacionado afuera, a las tres de la tarde. Entró mirando a todos lados por si lo veía. No había nadie. ¡Cómo sería posible!, ¡tan cerca de su casa! Laura se sintió agitada y el deseo de escapar la recorrió de pies a cabeza.

—¿Le puedo ayudar en algo? —le preguntó la recepcionista, deteniendo la huida.

—Busco al señor Bill Jones, soy su esposa y me dijo que preguntara por él —dijo Laura, con la voz temblorosa.

—Claro que sí —dijo la mujer, revisando el libro de huéspedes—, él está en la habitación número 7, pero dijo que no quería llamadas. Pase a buscarlo y toque la puerta.

Laura caminó por el pasillo, sin reflexionar en sus acciones. Caminaba como si alguien más la guiara. Al llegar a la habitación, vio la puerta entreabierta. Empujó con cuidado y entonces los descubrió. Era Bill, su marido, bajo las sábanas con otro hombre.

Bill, el padre de sus hijos. Bill, su marido por más de ocho años.

Laura se quedó muda, inmóvil y pasmada frente aquella escena, para dar paso a la rabia. "Bill, ¡qué estás haciendo!"

El esposo se levantó con rapidez al verla en el umbral de la puerta, enrollándose una sábana en la cintura. El otro hombre escondió el rostro en la almohada.

Entre sollozos, Laura exclamó "¿cómo has podido hacerme esto a mí?, ¿a tus hijos?". Bill parecía más pequeño, como si hubiera perdido estatura, los hombros redondeados, la mirada al suelo. Y no respondió a ningún reclamo, sólo guardó silencio.

"Esto se acabó", dijo Laura casi en un suspiro, dándose la media vuelta para abandonar la habitación y a su marido para siempre.

Mientras caminaba hacia la casa, sentía un curioso alivio, un gran sentimiento de liberación en su pecho y es que, ahora lo entendía, ella siempre lo supo.

Pero cómo le explicaría a sus dos niños, tan chiquitos, de seguro no lo comprenderían, así es que optó por inventar unas vacaciones sorpresa. Tomó la maleta y empacó unos cuantos cambios de ropa. Luego escribió una nota en un papel y la dejó encima del buró, era para Bill y decía: "te doy una semana para irte de la casa."

Salió a la calle, los nenes volvían de la escuela con los niños del vecindario y juntos esperaron algún taxi que los llevase a algún lugar, cualquier lugar.

Diez minutos más tarde estaban acomodados, ella y sus niños, en los amplios asientos del vehículo. El taxista pasó frente a la farmacia familiar, donde se alzaba el edificio de aquel joven, el escritor. Laura levantó la vista y lo observó, sentado, escribiendo en una pequeña mesita. Y se preguntó si lo que escribía era ése final de su historia, el de ella dejando a su marido.

NORMA HERRERA CANGANA

Norma Herrera Cangana nació en la oficina salitrera María Elena, poblado que se ubica en el norte de Chile. Es enfermera de profesión, de la Universidad de Chile. De niña disfrutaba la lectura, en especial las novelas de vaqueros que su padre mantenía en casa. Con el tiempo, Norma empezó a acercarse a los clásicos literarios y escritores contemporáneos, siendo Julio Cortázar uno de sus autores favoritos.

En estos momentos Norma disfruta de su jubilación, residiendo de manera alternada entre Chile y Estados Unidos, donde visita a su hija, su yerno y a sus dos nietos.

En uno de aquellos viajes a Dallas, Texas, se incorporó al taller de escritura creativa de Atacama Press, sorprendiendo a todos los asistentes con la potencia de sus relatos y la limpieza de su estilo.

CUANDO EL ÁNGEL SONRÍE

La pequeña Lidia era una niña de grandes ojos color café, su nariz respingada, cuerpo delgado y pelo negro, que llevaba tomado en una cola. No tenía más de cuatro años.

Cuando Lidia y su madre salían, siempre tomaban la calle corta de los comercios, donde ella veía la tienda que vendía ángeles de colores y tamaños diferentes, tan bonitos, pensaba Lidia. Pero nunca podía detenerse a verlos, ya que su madre la presionaba para que se apuraran.

Uno de esos días, a su madre se le soltó un cordón del zapato y la niña pudo por fin mirar la vitrina. Pegó su nariz al vidrio y, extasiada, se quedó mirando una figura de color blanco que le sonreía con dulzura.

Su madre la apartó con brusquedad, diciéndole: "¡Ya, Lidia!, ¡es muy tarde! Debemos llegar a tiempo a la consulta del médico".

A la pequeña le atemorizaba ir a la clínica. No le tenía miedo al doctor, quien siempre le hablaba con bondad. Pero le daba mucha rabia y temor cuando el médico le informaba a su madre sobre el examen que le habían tomado en la visita anterior. Su madre se ponía a llorar sin consuelo y Lidia no sabía cómo reaccionar, qué hacer para calmarla. Lidia pensaba que su mamá estaba muy enferma, que por eso lloraba cada vez que el médico le hablaba y la niña sentía que su cuerpo se ponía sudoroso.

"Ya sé lo que haré, le pediré a mi papá que me acompañe a comprarle el ángel, el que me miró risueño y así mi mamá no llorará más", pensó Lidia, para calmarse.

Llegaron a la clínica y Lidia se sintió más tranquila. Le sonrió a su mamá y se quedó dormida en la camilla, donde cada semana le inyectaban el tratamiento para su enfermedad.

REBECA ILLESCAS

Rebeca nació y pasó los primeros treinta años de su vida en la bella ciudad de Guatemala y los últimos treinta y cuatro en diferentes ciudades de los Estados Unidos. Maestra de nacimiento y profesión, actualmente da clases de español avanzado a estudiantes de habla hispana en una escuela pública del área de Dallas, Texas. Con una hija y dos bellas nietas, Rebeca pasa parte de su tiempo libre disfrutando y consintiéndolas. Rebeca también disfruta de la compañía de muy buenas amistades, le gusta caminar, hacer yoga, entre otras actividades; sin embargo, su pasatiempo favorito es la lectura y sus viajes en bicicleta.

A HORAS DE LA MAÑANA

Tengo doce años y estoy sola en el mundo, no tengo familia ni amigos pero sí mucha hambre. El dueño de la casa donde vivo, mejor dicho vivía, me ha sacado. Sin embargo, un vecino me ha ofrecido que viva en el cuarto de cachivaches que está al fondo de su casa a cambio de trabajar para él. No tengo otra alternativa así es que acepto y hasta me siento contenta de poder sostenerme yo misma; a pesar de que nunca he trabajado y no sé qué es lo que haré. A la mañana siguiente me despierta, son las tres de la madrugada. Como dormí vestida porque toda mi ropa se quemó en el incendio donde murió mi familia, sólo me estiro y corro tras él, mi jefe y mi casero. Caminamos rápido hacia el pueblo, él jalando una carreta y yo asegurándome de que los botes vacíos encima de la misma no se caigan. La mañana es fresca, veo el humo que empieza a salir de las casas, el olor a la leña mezclado con el de los naranjales me trae tristes recuerdos de mi madre cuando cocinada para la familia. Nuestra primera parada. Alberto, que así se llama mi jefe y casero, me dice que corra y agarre un bote de la carreta y que lo intercambie con el que se encuentra a la par de la puerta de entrada de la casa, la cual apenas puedo distinguir debido a la oscuridad. Qué fácil, me digo a mí misma, creo que me va a gustar este trabajo. Sin embargo, al acercarme a la casa siento un olor fétido asqueroso y al intercambiar los botes me doy cuenta que el bote que estaba en la casa está lleno de caca. ¡De caca! Mi estómago se revuelve como nunca antes. Siento algo caliente que me sube a la garganta y estoy a punto de vomitar cuando escucho la voz de

Alberto: "¡Ni se te ocurra, porque no te pago por el día ni te daré de comer!". Quién está pensando en comer por Dios Santo pero... me trago el vómito; intercambio los botes y voy a la siguiente casa y a la siguiente, y a la siguiente... El olor a caca está por todas partes y mi cuerpo y pelo están pringados de caca. Con el calor del sol empiezo a sudar y creo ver caca brotar de mis poros. Al medio día el olor es insoportable, además me duele el cuerpo, sobre todo la cabeza y de repente mi cuerpo convulsiona, me tropiezo y vomito. Vomito como nunca lo creí posible. Cuando me levanto Alberto está sentado bajo un árbol comiendo y me dice: "Te perdono porque es tu primer día, ¿quieres?" y me pasa un plato lleno de arroz seco. Hace tres días que perdí todo y a todos. Llevo tres días sin comer y acabo de vomitar, siento que me voy a morir. Tomo el plato de las manos de Alberto y empiezo a comer.

GLORIA LAO GARCÍA

Gloria Lao García nace en Granada. Poeta perezosa y aprendiza empedernida, entre tazas de té encuentra su pasión en la enseñanza y en el lenguaje humano, animal y computacional. Le gusta leer en voz alta, prefiere la belleza de lo pequeño y se siente a sus anchas en el haiku y el microrrelato. Es correctora por vocación y maestra descubierta por casualidad maravillosa. Puedes seguirla en Twitter: @Revangel, en Facebook: www.facebook.com/GloriaLao.Correcciondetextos/ y en el sitio web correctaedicion.wordpress.com.

LAS COSAS DE MAGGIE

A Maggie no le gusta que le toquen sus cosas. Se lo he dicho muchas veces a papá. Se pone tensa y luego no sabe qué hacer. Ni dónde está. Tampoco le gusta que se las cambien de sitio.

Cuando Maggie vuelve de dar un paseo lo primero que hace es entrar corriendo en su habitación. Se sienta en la cama y empieza a contar: el oso de peluche rosa en el centro de la almohada, la fotografía de mamá sobre la mesilla de noche, girada hacia la puerta, el armario cerrado, la lamparita de noche con mariposas pegada a la pared, el libro de cuentos a los pies de la cama... Así está bien. Si ve algo fuera de su lugar pone los ojos en blanco, yo le digo que no pasa nada, que ya lo arreglo yo, pero entonces me da el dolor de cabeza, me tapo los oídos con las manos, me duele mucho, pierdo la vista, no puedo convencerla... Después, abro los ojos. La cabeza de papá, muy cerca de mi cara, me pregunta algo. Parece preocupado. Yo no me acuerdo de nada.

A Maggie tampoco le gustan las personas nuevas. No se fía de ellas, son diferentes de mamá. Era tan guapa. Cuando estaba mamá las palabras eran blandas y salían solas. Ayer papá me presentó a Lucila. Dice que no es como las otras, que esta se va a quedar a vivir en casa. Con nosotros. Ha dicho: "Se acabaron las enfermeras". No me gusta. Además no lo entiendo porque aquí no hay ninguna habitación para ella.

—Papá, dile a la persona nueva que ande con mucho cuidado.

Se lo he repetido varias veces, que luego vienen los dolores de cabeza y los gritos y yo no puedo controlar a Maggie, que es mejor que se lo explique, que yo intento despistarla cuando veo que las cosas se han movido o el zumo tiene más azúcar, pero no lo consigo. Papá, dile a Lucila que se lo aprenda bien.

El otro día, cuando volví de mi paseo con papá, Maggie descubrió que la pieza de la esquina superior derecha del puzle del castillo estaba girada; le dije que habría sido al limpiar el polvo, pero Maggie se puso hecha una furia. Como cuando papá, mientras me peinaba, tiró sin querer mi muñeca de las trenzas al suelo. Cuando me desperté papá tenía algo en la cara. ¿Papá, quién te ha hecho eso en la cara? Un gato. En mi casa no hay gatos. Ni perros. Vaya arañazo. El otro día me desperté y allí estaba el doctor y me hizo preguntas raras, intentó coger la foto de mi mamá y oí chillar a Maggie; luego más personas y yo no tenía ganas de contarles nada. No entiendo sus preguntas. ¿Por qué no dejan las cosas donde están?

Papá dice que le ha contado a Lucila que a Maggie no le gusta que le toquen sus cosas, que esté tranquila, que todo va a salir bien. Esto me lo ha dicho muchas veces, me lo ha repetido como si estuviera sorda. Yo insisto. Lo miro fijamente. Creo que así, con la mirada, me entiende mejor. Las palabras me las guardo para Maggie. No me apetece dejarlas salir de mi boca, están más a gusto ahí dentro en la garganta. A veces se me escapa alguna, pero como no tengo costumbre, sale despedida, y mi padre me mira inquieto y me abraza para que la palabra mala vuelva a su sitio. Y estoy en la cama y lo miro, ¿qué pasa papá?

Lucila se parece a las mujeres de las revistas.

—¿Qué haces hablando con el espejo, Maggie?

Lucila anda sin hacer ruido por la casa, yo la observo, ella no se da cuenta, a lo mejor sí, se vuelve y me sonríe, no sé por qué. Papá me ha llevado al médico esta mañana. Me han puesto unas ventosas en la cabeza. El pelo se me ha quedado pegajoso. Llaves, llaves, llaves. No corras, Maggie. Papá ha tenido que salir a hacer un recado y me ha dejado en casa sola con Lucila. La puerta de la cocina está abierta. Yo no puedo entrar, papá dice que allí dentro hace frío y cierra. A mí no me gusta el frío. Mi cuarto siempre está calentito. Pero la puerta está abierta. Lucila ha olvidado cerrarla. Maggie me empuja hacia dentro. No hace tanto frío. Hay muchos cajones. En los cajones hay tenedores, cucharas, cuchillos. Le digo a Maggie que tenemos que irnos de allí. Como papá se entere… Maggie coge unas tijeras. Sí que están frías. Puedo verme en su filo brillante. Se las guarda en su bolsito de fieltro y sale de puntillas hacia su cuarto. Lucila cruza el pasillo y vuelve a entrar en la cocina.

—¿Dónde habré puesto las tijeras?

A Maggie le gusta coger cosas y jugar al escondite. Tengo un sitio. Mamá me guardaba el secreto. He dejado el abrigo en el tercer brazo del perchero, como siempre, y he buscado con los ojos mi puzle; sólo me queda poner trescientas treinta y tres piezas. Qué número tan bonito. Tres y tres y tres. Me desato los cordones de los zapatos. Algo no cuadra. Las palabras están revueltas y quieren salir. Mis zapatillas. Mis zapatillas no están en la segunda baldosa bajo la cama. Están pisando parte de la cuarta y del revés. Me duele la cabeza. Ya viene otra vez. No vengas, digo, papá ha salido. Son tan bonitas, Maggie se refleja en su filo. Como un espejo. No quiere guardarlas en el jardín.

Me he despertado en la cama. Pero esta vez es diferente. Este no es mi cuarto. Todo es blanco, blanco y frío. No hace frío pero me parece que todo está frío. ¿Dónde están mis cosas? Papá, Lucila ha movido mis zapatillas, ¿le explicaste que no me gusta que muevan mis cosas de sitio? Tienes que recordárselo. Lucila... Papá me mira de una forma rara. Parece asustado. Ha estado llorando, ¿los padres lloran? Todavía me duele la cabeza. Creo que he estado soñando, ¿pero por qué no estoy en mi cuarto? El brillo de las tijeras era tan bonito. Le dije que no las cogiera, que en la cocina no se entraba. Me pregunto por qué Maggie tenía las manos rojas, aquello que chorreaba por su vestido. ¿Dónde está mi vestido?

ALVARO LÓPEZ BUSTAMANTE

Álvaro López Bustamante (1976), nació en Antofagasta, Chile. Bibliotecólogo y a punto de ser lingüista. Cuentista, novelista y poeta. Ganó el Fondo Nacional del Libro en tres ocasiones, en cuento, novela y literatura infantil. Fue evaluador del mismo algunas ocasiones. Estuvo a cargo del taller de poesía de la Casa de la Cultura de Antofagasta entre los años 2001 y 2009. También dictó taller en Balmaceda Arte Joven Antofagasta. Ganó el concurso de cuentos de la I a la IV Regiones de la Universidad Católica del Norte, un tercer lugar en novela en el concurso FILZIC 2015, y varias otras distinciones. Además de escribir, ha compuesto música para corto y largometrajes, y posee muchos álbumes a su haber. Otras veces se dedica a la fotografía y al dibujo.

UNA HISTORIA[1]

El reloj fue un obsequio de mi abuelo. Lo miro, y en su reflejo también a Tiburcio y su cara de huaso bruto y sus ojos limpios de inteligencia, como si su padre se hubiera amancebado con perros.

Este calor bestial me hace olvidar cómo llegué acá. Luchito debe saber mejor. Da lo mismo, ya veo como levantan los rifles para fusilarnos. Luchito solloza. "¡Cállate, mierda!" le digo.

Muere como ombre! dijo mi teniente don ignasio i la berda yo no sé si bamos a morir como onbres o como vestias porque al final somos lo mismo somos bestias andamos como bestias comimos como bestias andamos este sol del diablo como bestias

Ahora que observo a ese soldado, pavorosa mezcla de hombre y rapiña, los recuerdos despiertan rápido. Es la muerte que los acerca.

Ah, el desembarco. Antofagasta, pueblo pequeño: recuerdo que nos hartamos de mujeres, de vino, mientras esperábamos traslado. Luego, bueno, defender la patria. Siempre me gustó el ejército. Por eso, cuando partió la guerra, lo primero que hice fue enrolarme. Me dieron el grado de sargento. Tal vez lo que me trae más gratos recuerdos fue nuestra

---

[1] Texto ganador el año 2008, del XV Concurso de Cuentos para Escritores de las Regiones de Arica y Parinacota a Coquimbo, organizado por la Universidad Católica del Norte y Minera Escondida.

entrada triunfal en Lima… No entiendo las críticas de alguna gente que ni siquiera ha luchado por la patria. Que saqueamos Lima. Esto es guerra, no un baile de salón.

Ciertamente Tiburcio, aún con su rostro, su mente embrutecida, comparte mis ideas.

llegué al egersito cuando me llebaron me sacaron del trabajo yo estava trabajando de minero yo no tenía otra lus asta que binieron i me llebaron me dijeron que si era ombresito tenia que defender la patria i me trajeron o nos trajeron a Antofagasta, a mi igual el egersito me gusto porque tenia de comer dormia bien no trabajaba como burro

claro que despues la cosa se puso cuestarriba pero como iba a saber yo lo que iba a sufrir si me acuerdo de cuando peliamos en Pisagua, un cuadro orroroso tanto muerto yo nunca abia visto tanto muerto, el unico muerto que abia visto era mi avuelo Pedro que murio de viejo i que pelió contra el guacho ojigin

cuando llegamos a Pisagua i como nos demorabamos mucho en matar cholos, mi coronel mando a quemar a los cholos que estaban escondidos arriba en el cerro, atrás de unos sacos, i entonces dispararon i les prendieron los sacos los sacos tenian carbon i tenian salitre i el umo era toxico se caian guardabajo los cholos, todos negros de quemados i despues muerte i más muerte porque fusilamos a los prisioneros i yo pienso

Sí, estuvo bastante bien que el teniente Condell acribillara a los sobrevivientes del "Independencia". Porque ¿para qué nos molestamos en tomar prisioneros? ¿Para intercambiarlos por qué? Son un gasto de insumos. Además, esos cholos del demonio quemaron Pisagua y sus víveres. Durante el ataque aplastamos numéricamente al enemigo. Pero resistió siete horas. Éramos 9.500. Ellos, 1.500.

Son curiosos los giros del destino.

pero lo bueno fue en Tacna, ai conocí también a mi teniente don Ignasio que en ese entonse era puro sargento noma. A que bueno fue Tacna, Arica tambien pero Tacna fue mejor, le quité un reloj igual al de mi teniente a un cholo, pero despues lo perdí en una apuesta

me acuerdo que me reía mucho al ver la cara de los cholos que andaban con camilla. Iban recogiendo heridos i nosotros jugabamos al tiro al blanco con los cholos ai mi compade Eriberto le soltó una a un cholo pregunton, que andaba

46

preguntando donde estaban los cholos heridos — mi compadre le dijo que no se preocupara, que ya no quedaban heridos, porque abian ordenes de matar a toos

incluso aunque estuvimos tiritando de frio toda la noche antes de meternos a Tacna, porque no teniamos ni ropa para abrigarnos, i no abiamos comido i no abiamos dormido yo igual recuerdo Tacna con gusto, fue lo mejor de la guerra creo yo porque despues vino lo otro lo peor

es que yo nunca pensé que bibiría estas cosas, quedar atrapado como un raton i rodeado de indios pa que después me fusilaran no es lo que esperaba nunca fue lo que esperaba

Debido al lamentable estado de nuestro ejército, estábamos retirando todas las tropas de la sierra al cuartel general en Huancayo. Nos llegó la orden de relevar al capitán Nebel, que estaba en un lugarejo llamado Concepción. Llegamos el viernes 7 de Julio. La aldea apenas tenía una plaza, un cuartel y una iglesia. La plaza, llena de soldados enfermos. Y pensé que nuestra tropa estaba mal. De todas formas, mandé construir parapetos en los cuatro costados de la plaza, pues sólo quedarían los 77 de mi tropa y esas tres mujeres que andan tras los soldados, una de ellas embarazada. Y además, un niño de cinco años.

Las tropas de Nebel se retiraron. En dos días, el coronel Del Canto pasaría por nosotros, luego de retirar a todos los enfermos del hospital en Jauja. Mandé un mensaje a Del Canto, diciendo que todo estaba bien y que no se preocupara.

cada vez ai más enfermos le dije a mi amigo Rudesindo, tanta era la escases que empesamos a acernos ojotas con los pedazos de cuero que nos quedaban de las botas, porque no se puede caminar, i el tifus i la viruela i la sed i el ambre nos estaba matando. Cuando se acababan las catimploras, nos tomábamos los orines. I caminabamos i caminabamos i el desierto no termina nunca i parecía que no andabamos pa delante sino pa tras, siempre patras. Al final terminamos en un pueblucho que se llama la concepción. nos digeron que nos iban a pasar a rescatar, tan mal estábamos. i eso que cuando llegamos abian unos peor que nosotros. teniamo que cuidar a la preñada, al niño chico

Esperábamos al coronel Del Canto. Entonces vino el silencio. Era domingo, la hora: cerca de las tres de la tarde. Los italianos del pueblo nos invitaron a un almuerzo por la celebración de San Feliciano. Entonces sonó un tiro.

Y empezaron a bajar de los cerros. Cientos de peruanos. Pensé en las Termópilas. Sentí que éramos los nuevos espartanos. Afortunadamente, nunca confié en la gente de esta aldea. Tenía un plan defensivo ya ensayado.

Nos atrincheramos en la plaza, un grupo en cada esquina. Envié a tres hombres para avisar al cuartel general en Huancayo de nuestra desesperada posición. Lentamente, bajo fuego enemigo, fuimos replegándonos a nuestro cuartel.

Los mensajeros cayeron acribillados, y quedaron ahí, en el suelo. La gente huía del pueblo.

Rudesindo me dijo que los decuartisaron que les clabaron las cabesas en la punta de las lansas, eran miles de diablos cholos en bajando de los cerros, paresía que abian abierto en derepente el infierno, se empesaron a meter en las casas i nos disparaban i nos disparaban

lo bueno es que los indios no tenian rifle entonse era fácil igual que en Tacna, disparar nomas que siempre caía alguien i a veces saliamos calando balloneta i ensartábamos unos indios i bolbíamos al cuartel pero los cholos son muy maricones no salen entonce uno no puede apuntar i nos tienen rodeados por eso es que nos metimos al cuartel que tapamo con mueble

A medida que nuestra defensa proseguía, escuché las historias más extrañas de mis soldados, Dios los tenga en Su Santa Gloria. Que los indios descuartizaron a los caídos. Que clavaron sus cabezas, sus miembros en picas. Los 600 peruanos los deliraban en miles. Creo que la fiebre, la debilidad y la desesperación hablaban por ellos. Ciertamente, llegaron cientos de indios ya en la tarde, armados con lanzas. La guerrilla de Orcotuna. La guerrilla de Mito.

las cantineras nos daban animos i qué mujeres digo yo!, si es mucho mejor tener una mujer sanita que a uno lo quiera que andar pagando, lo malo es que eran tres nomas i una estaba preñada.

pero la pasabamos bien cantaban tocaban la guitarra les gustaba bailar ahora están muertas como todos pero entonces en ese rato que los cholos se quedaron callados i no isieron nada ellas nos animaban i nos asian sentir orgullosos de ser onbres i de ser chilenos i entonse mandaron a un cholo de recadero con un recado para mi teniente don Ignasio

El coronel Gastó, del ejército peruano, nos envió una nota solicitando nuestra rendición incondicional, prometiendo nada más respetarnos la vida. Que la superioridad numérica. Que nos sería imposible defendernos. Me invadió la indignación, seguramente la misma que encendió el corazón de Serrano tras saltar sobre el Huáscar. El teniente Serrano, con sus partes nobles destrozadas, fue llevado a un cuarto de enfermería por los peruanos. Naturalmente, intentó incendiar su cuarto con una vela. Naturalmente, poco después murió.

¿Cómo nos íbamos a rendir?

al ver que no teniamos niuna oportunidad con tanto indio ensima mi teniente dijo bamos a dejar este pueblo maldito aci que nos preparamos i nos tiramos encima de los indio en columna para tratar de pasar por entremedio para arrancarnos a Huancayo al cuartel general

yo creo que mi teniente se anduvo desesperando porque como ibamos a pasar entremedio de tanta indiada? Nos tuvimo que devolver noma, i mas encima a mi teniente le ligó una bala en el braso cuando bolbiamo al cuartel

pero los cholos del diablo le prendieron fuego al cuartel, aci que salimos arrancando pa la iglesia que estaba al lado. No se cuanta indiada matamos al cargar pa la iglesia. entremedio la mujer la que estaba preñada se mejoró de la guagua

mas encima parece que llegaron mas indios en la noche i empesaron a hacer forados en las paredes, pa dispararnos de ahi.

enderrepente empiezan a salir flechas por los forados. cuando se aburren de atacar, ahí vemos que la preñá esta ensartada de flechas junto con su guagua. A mi subteniente Cruz se le ocurre una idea.

asomamos una bandera blanca por un oyo. como los indios son tontos, se creen que nos rendimos, aci que se acercan, i era gusto dispararles — como arrancaban los perros!

aí se empesaron a encaramar como los monos porque nos disparaban del techo nos disparaban por las parede nos disparaban por las ventanas i despúes le prendieron fuego al cuartel i el humo nos tenia comidos entero i tambien la falta de sueño el cansancio yo miraba a los muertos i que dios me perdone pero de berdad los envidiaba porque ya no estaban sufriendo como uno pero seguimos disparando seguimos disparando

Noto que Pérez Canto ha perdido el temple. Está nervioso y cansado de batallar. Como todos, sabe que moriremos aquí. El coronel

Del Canto jamás llegó. Está amaneciendo cuando, en un acto de heroica demencia, carga en solitario contra los cientos de peruanos que estaban a muchos, demasiados metros de distancia. Jamás termina su avance.

Después entraron los peruanos a la iglesia. Muchísimos. Demasiados. Avanzaban metro a metro, mientras nuestros hombres caían paulatinamente. Algunos, eran destrozados por las balas al cargar a la bayoneta. La triste verdad, es que se acababan las municiones. Al final, nos capturaron, a mí y a 6 más. Nos amarraron a improvisados postes de fusilamiento. Pedí que me liberaran una mano, para contemplar este recuerdo de familia, mi pequeño y personal símbolo de lo pasajero.

i aora pienso en to lo que e sufrio mi bida en las abenturas que e pasado toa la miseria la sangre aora esto la guerra i me siento contento de aber echo lo que ice miro los muertos desparramados en el suelo unos medios quemados por el insendio del cuartel i miro a mi teniente don ignasio por el reflejo del relo i me mira de una manera rara ahora levantan los fusiles

Vamos a morir. Miro por última vez el reloj de mi abuelo, José Miguel Carrera. Sueltan el seguro de las armas. Apuntan. Pienso que el futuro será de los valientes. Pienso en la vejez de los héroes que nos sobrevivirán. Será digna, sin duda. Ahora, cierro los ojos.

LA ANÉCDOTA DE DON LUCIANO

"Estos rotos de mierda", dijo Don Luciano con amarga suavidad. Acariciando el vaso de whisky, miró a sus invitados. "Así que vienen a firmar las escrituras", continuó, ahora en voz alta.

Carraspeando, lee: Empresa Nacional de Electricidad. Esto me interesa, dijo.

Y luego, agrega:
¿Saben? Yo también trabajé para el gobierno. Hace 20 años fui intendente, en el norte, ¿me van a creer? Pero las cosas eran muy distintas: había orden, había civilización, no estos patipelados como el Aguirre Cerda, no, era la época de Don Arturo, ¿me entienden? Incluso, una vez me tocó poner en vereda a esa gentuza, miren, les cuento.

El gringo Jones... ¿lo conocieron ustedes? No, claro que no, ustedes eran niños. Bueno, el gringo estaba a cargo de un lugarejo llamado San Gregorio. Era una salitrera, que para cuando se acabó la guerra, también se le acabó el negocio. Cosas de la vida. Así que el gringo los echó a todos, como es obvio. Y los muy mamarrachos, ¿me creerán?, exigieron, sí, oyen bien, exigieron que les pagaran el desahucio, una indemnización, como le dicen ahora. ¡Qué frescura! Me pareció una inmoralidad, si a los huasos les avisaron con 15 días de anticipación, qué se creen.

Como estos comunachos se botaron a rebeldes y no se querían ir, llamé a mi presidente Alessandri, para preguntarle qué hacer con esa chusma insolente. Él me dijo que actuara con mi mejor criterio. Así que, obviamente, llamé a los militares. Ya a comienzos de febrero, estaban los 5 pacos del teniente Gaínza y los 20 milicos del teniente Argandoña.

Miren, les dimos todas las garantías a estos rotos, si hasta les pusimos trenes. ¿Qué creen? No se fueron. Más encima, empezaron a llegar patipelados de otras partes, con banderitas, cantando sus tonteras sobre revolución, qué horror. Llegaban y llegaban, eran como dos mil, y se pusieron a discursear, para qué, digo yo. Después, no hallaron nada mejor que caminar hasta la administración de la salitrera. Si iban hasta con sus familias y sus zurullos chicos. El gringo Jones les dijo que no podía conversar con todos, que no cruzaran la línea del tren. Pero, claro, con lo alzados que eran estos rotos, no hicieron caso. Es más, lo rodearon. Menos mal que tuvo el buen tino de ir con el teniente Argandoña y el teniente Gaínza.

Les dijo que pagaría el desahucio, pero que no tenía el dinero ahí mismo, sino en Antofagasta. Animales como eran, no le hicieron caso, y empezaron a agredir a esta buena gente. Esto yo lo sé porque me lo iba contando por teléfono el gerente de la compañía, que tuvo el buen sentido de refugiarse en la Oficina Valparaíso, que quedaba lejos.

Naturalmente, el teniente Argandoña dio la orden de disparar. Ahora esto ustedes no me lo van a creer, pero resulta que en vez de esconderse, esta gentuza empezó a disparar de vuelta. ¿De dónde habrán sacado las armas? Seguro se las pasaron los comunistas o los anarquistas.

En la confusión, el teniente, de manera heroica, se defendió, y vació su revólver contra esta verdadera jauría. Y ellos, cobardes, entraron a la fuerza a la administración y sacaron a mi teniente de manera brutal. Lo peor, es que se lo llevaron a la pulpería, y ahí lo balearon, y luego le reventaron la cabeza a golpes, con una barra de acero.

En cambio, el teniente Gaínza, tuvo la acertada idea de internarse en el desierto, sobre su caballo. Algunos dicen que lo hizo de puro cobarde, pero yo creo que pensó noblemente en dar aviso de lo que estaba ocurriendo. Al menos, se salvó de que le pasara lo mismo que al gringo Jones: la poblada lo capturó, y le empezaron a pegar, y hasta le pegaron cuatro puñaladas, una incluso en el pulmón.

Nuestros bravos soldados se defendieron de manera heroica. Aunque estaban acorralados en el cuartel de policía, resistieron toda la tarde. Creo que mataron a 36 agitadores comunistas. En la noche, los soldados también emprendieron una retirada estratégica y escaparon galopando. Los rotos, ja ja, creían que los iban a alcanzar. Estuvieron horas persiguiéndolos. ¡Ilusos! Lo triste fue que, lamentablemente, asesinaron a un cabo y a un soldado durante ese movimiento estratégico y militar.

Cuando se dieron cuenta que no había ni militares, ni carabineros para poner el orden, los rotos empezaron a saquear la pulpería y la farmacia, con la excusa de curar a los heridos y de alimentar a su gentuza.

Cínicamente, se preocuparon del gringo Jones, que a todo esto nunca fue gringo, era más chileno que yo, si era Jones López, que cosa más arribista, ¿no les parece? El caso es que le inyectaron cafeína con alcanfor, para qué, no tengo idea. El gringo se estaba muriendo, y el doctor de la oficina llegó recién a las cuatro de la mañana. Más encima, tuvieron la cara de ir con un papel, pidiendo de nuevo el dinero de la indemnización. No sólo eso, el papel decía que el teniente Argandoña había disparado contra gente desarmada, qué brutalidad, y además tuvieron el desparpajo de poner una solicitud dirigida al jefe militar de Antofagasta, pidiendo que no le dispararan a los obreros. ¡Habrase visto insolencia! Claro, el pobre gringo firmó, ¿qué iba a hacer?

Ya eran las 9 de la mañana del día 4 y como los agitadores comunistas vieron que se les había acabado la fiestecita, se devolvieron a sus salitreras, de donde no debieron haber salido nunca. Al fin, San Gregorio estaba en paz.

Pero la cosa no terminó ahí.

Afortunadamente, llegaron refuerzos. Era el pelotón del teniente Cristi.

El teniente, con mucho tino, sacó a los trabajadores de sus casas y los encerró a todos en una bodega, claro que sin tocar a las mujeres y a los niños, como manda el honor. Los heridos, o los que se hacían los heridos, en cambio, estaban en una sala especial.

Al rato, llegó el grupo del mayor Rodríguez, avisado al final por el teniente Gaínza, que, como ven, no es que hubiera huido. El mayor Rodríguez, inflamado con la ira de los justos, clamó venganza por la muerte de sus compañeros de armas. ¡Justa venganza, por la muerte del teniente Argandoña!

Algunos malintencionados dicen que entraron a la sala de los heridos o supuestos heridos, y "en forma humanitaria", les reventaron las cabezas a culatazos. Y que luego, se dedicaron a cazar obreros. Me parece absurdo. Lo único que sé, es que amarraron a sólo 10 obreros con alambres y los golpearon a fusilazos hasta cansarse.

Una vez saciada el hambre de justicia, se llevaron a los heridos, que ahora sí estaban heridos de verdad, con sus familias, en trenes calicheros, con rumbo a Antofagasta. Claro, al saberse la atrocidad cometida por los obreros, no se pudo evitar que jóvenes idealistas atacaran los vagones, encendidos por su deseo de justicia. Creo que algunas mujeres se murieron y también unos niños. Algunos exageran y dicen que fueron más de cien. Otros, peor intencionados, dicen que esos jóvenes eran armados por el Ejército. ¡Injurias!

Son detalles. Lo que importa es que el Presidente me felicitó por el impecable tratamiento de la crisis.

Pero como no todo puede ser alegría, se rumoreaba que los obreros bajarían a Antofagasta, buscando venganza. Así que decidí enviar a 50 soldados, junto con ametralladoras, a un pueblucho llamado Aguas Blancas. Mandé patrullas para que rastrearan el desierto, con la orden terminante de disparar contra cualquier grupo sospechoso. En Antofagasta, dispuse que se pasearan guardias armados y que los bomberos llevaran rifles. Así, salvé muchas vidas. ¿Se imagina si se alzan todos los rotos? Qué atrocidad.

Siguiendo mi ejemplo, el presidente declaró el Estado de Sitio y envió más de 400 soldados y marinos a acuartelarse en Aguas Blancas y en Pampa Central. Estuvieron tres meses ahí, resguardando el orden.

Una vez llegada la calma, vino la natural necesidad de saber qué había pasado realmente. Se realizó un juicio. Como es comprensible, se condenó a muerte a tres agitadores por el asesinato del teniente Argandoña, y al resto a 10 años y otras penas más cortas. Claro, era la oportunidad para que estos malnacidos siguieran alterando la paz, haciendo protestas, marchando. No se quedaron tranquilos, hasta que el '24 los traidores al orden derrocaron al presidente Alessandri y le dieron el perdón a estos verdaderos asesinos, claro que al año siguiente.

Una tremenda injusticia. Si no hubiera sido por esos agitadores, nada hubiera pasado. Se habrían salvado casi 100 almas, si consideran los muertos llegando a Antofagasta. Piensen que, incluso, enterraron cadáveres entre el ripio, allá en San Gregorio... ¡Bestias!

¿Qué les puedo decir? Así es la vida. A veces, ganan los criminales.

Salud, dijo don Luciano.

PIA MARINO

Pia Marino nació en la ciudad de México donde vivió y realizó sus estudios de actuaría, pero siempre ha tenido un espíritu libre y artístico. En el año 1998 toman sus pertenencias ella y su familia y se trasladan a Plano, Texas, Estados Unidos, para iniciar una nueva aventura. Inicia clases de escritura creativa en el año 2013. Ha colaborado en la primera antología de relatos de Atacama Press.

EL PARAÍSO

El territorio del país está controlado por varios carteles. Cada uno de ellos quiere agrandar su poderío y área al mismo tiempo de incrementar sus ganancias, pero sobre todo el poder que acompaña a todo esto. Ese poder que embriaga, que se sube a la cabeza como un *shot* de tequila, que no hace diferencia entre los jefes y los mercenarios. El Muelas es uno de los soldados a sueldo del cartel del centro y no es la excepción.

Es un hombre bajo de estatura, pero sus fuerzas y brutalidad corresponden a alguien una y media tallas más grande que él.

Se inició en este oficio hace catorce años. Lo hizo por la necesidad de unos cuantos pesos, andaba quedando bien con la Lupe, una de las jóvenes más guapas del barrio.

Al principio le pareció divertido su nuevo trabajo, asustar a aquellos que no estaban al día con las cuotas al cartel; él era el indicado para amedrentarlos.

Las cosas fueron cambiando poco a poco, fue subiendo en el escalafón de la organización cuando los cabecillas se dieron cuenta de que era eficaz en esos menesteres; cada día le iban dando más responsabilidades, espantando a pequeños caudillos de bandas del barrio y claro, en ocasiones no bastaba sólo con asustarlos, había que usar la fuerza.

La primera vez que golpeó a alguien no le fue fácil, su cuerpo estaba tenso, el sudor le corría por la piel canela, su respiración era fuerte. El primer golpe fue el decisivo, de inmediato la ráfaga de adrenalina le invadió cada una de las células del cuerpo y le gustó.

El segundo encargo fue más fácil, pero la sensación fue la misma, el oír que las víctimas suplicaran le causaba un placer indescriptible, tal vez sólo comparable a cuando tenía sexo con la Lupe.

Su corazón se fue transformando hasta que se convirtió en uno duro; duro como el mármol negro que no despide luz alguna y sólo refleja maldad.

Esto lo hizo uno de los favoritos del capo, así que ahora ya es demasiado tarde para salir de este mundo que muchos desconocen, pero que para él lo es todo.

Como mercenario, las torturas que aplica son incontables e innombrables, cada una más drástica que la otra.

Empieza con lo clásico: el deudor, amarrado a una silla y encapuchado, recibe golpes en el estómago, dando tiempo entre cada ronda por si el martirizado cambia de opinión y decide pagar. Como esto no sucede con frecuencia, pasa a la siguiente etapa: el insolvente está amarrado de pies y manos, arrodillado frente a un cubo de agua, y le sumergen la cabeza por periodos de tiempo que lo llevan casi a ahogarse.

Con cada una de las diferentes etapas el castigo va subiendo en la escala de terror, el torturado colgado de las muñecas y desnudo a quien le dan toques eléctricos en los genitales con una batería de camión. Esto le da gran placer al Muelas, puede decirse que lo excita, por lo mismo en muchas tandas omite algunos pasos y va directamente a este castigo, pareciera una droga para él.

El cuatro de julio por la tarde, cuando festejaba el día de la independencia de un país que no era el suyo, pero gracias al cual tenía el poder y el dinero, recibió una llamada del jefe del cartel. Tenía un trabajo para él y le pedía que se presentara de inmediato en "El Paraíso", una de sus bodegas.

Al llegar, lo primero que vio fue la lujosa camioneta negra del líder, además de otros vehículos. Supo que era un pez grande con el que tendría que tratar esa noche.

"Para el Muelas no hay pez grande", pensó al momento que entraba al establecimiento con paso firme y confiado de sus habilidades.

—Listo, jefe, a sus órdenes —dijo mientras se pegaba con el puño de la mano derecha en la palma de la mano izquierda y en su rostro se dibujaba una mueca a manera de sonrisa.

—Adelante mi Muelas, este carbón es todo tuyo, nos debe mucho —

dijo el jefe–. No me quedes mal, sabes que confío en ti –agregó el rufián.

–Nunca, jefe –dijo el Muelas–, soy el más fiel de todos.

Caminó con paso firme hasta el fondo de la bodega, donde ya estaba amarrado de manos y pies el sujeto en cuestión.

Lo tenían sentado en una silla de metal, con la cara cubierta y amordazado para evitar que gritara.

El Muelas sentía la excitación subiendo por su cuerpo, no podía esperar más, así que de inmediato llamó a sus achichincles para empezar la sesión de tormento. Varios golpes de parte de ellos y el sujeto cayó al suelo, lo que el Muelas aprovechó para patear con toda su fuerza al hombre que, aún amordazado, gemía del dolor y adoptaba una posición fetal.

Después de una buena paliza y ya casi inconsciente, dio la orden de que lo sentaran en la silla otra vez y que le quitaran la capucha, pues quería oír sus suplicas y ver la expresión de desamparo.

En lo que preparaban al martirizado, el Muelas fue al baño, ya que su excitación era demasiada y tenía que liberarla.

De regreso y frente al hombre, la euforia previa se desvaneció en un instante, como si le hubieran echado un balde de agua con hielos: ahora quien sentía el dolor intenso en el estómago era él.

Quedó inmóvil, respirando a medias. Los ayudantes también ansiosos de terminar con lo empezado, gritaban: "¡Ahora qué hacemos con este hijo de la chingada!".

El Muelas no podía emitir sonido.

–¿Qué hacemos, Muelas? –preguntaban.

La cara del torturado estaba llena de sangre, pero pudo reconocer un rostro familiar.

Miles de imágenes invadieron su mente, la película de su vida corría en cámara rápida en el proyector de su cerebro, había escenas alegres llenas de risas y gratos recuerdos; otras, la mayoría, causaban dolor, rencor y odio.

Esas facciones eran las de su padre, que lo miraba fijamente con los ojos hinchados y deformados de tanto golpe.

El Muelas retrocedió un par de pasos, se llevó las manos a la cabeza, que movía de un lado para otro como tratando de pensar.

El tiempo corría lento para el Muelas pero sólo habían pasado unos minutos y la voz del jefe retumbó en "El paraíso".

–¿Que pasa contigo?, ¿se te arrugó? –dijo el capo– ¡Termina ya!, la fiesta nos espera.

El capo, de frente a él, le tendió una pistola y le indicó con un movimiento de cabeza que terminara con el insolvente.

El Muelas, con un movimiento en cámara lenta, la mano temblorosa y los ojos húmedos, tomó la pistola y disparó.

BIVIANA MARÍN MCAFEE

Los años de trabajo periodístico en Colombia dejaron en Biviana el hábito persistente de reflexionar, opinar y escribir sobre lo que ocurre a su alrededor. De esos días también permanecen la afición por la fotografía, los viajes y la lectura constante. Ocasionalmente publica entrevistas y artículos periodísticos en la edición digital del periódico de su ciudad y regularmente actualiza su blog personal. Biviana es maestra de educación bilingüe en las escuelas públicas de Dallas.

TOQUE DE QUEDA

Son las 9 en punto y, como cada noche hace 35 años, la hermana Constanza abre el portón del internado para darle una última mirada a la calle desierta. Lo vuelve a cerrar y empieza a revisar que puertas, ventanas y habitaciones estén cerradas con llave, y que las 52 internas del colegio estén listas para la oración de la noche.

Mientras camina, un enorme manojo de llaves choca con el rosario que cuelga de su amplia cadera. Así comienza la rítmica rutina nocturna: clin, clin, ¡tas! Clin, clin, ¡tas! Con el sonoro andar, se escucha también un murmullo con el cual la monja desgrana las imperfecciones de la jornada. "Cecilia la pagará el día del juicio final porque el que no respeta la autoridad, no tiene temor de Dios". Clin, clin, ¡tas!, clin, clin, ¡tas!

"Y Ofelia que se cree tan santa. Hay que verla riéndose de las vulgaridades que hablan las de décimo grado. Qué mal ejemplo". Clin, clin, ¡tas! Clin, clin, ¡tas!

Al ritmo de sus pasos, la hermana Constanza menea la cabeza. Luz Ángela, Beatriz Eugenia, María Elena. Con cada movimiento repite el nombre de las internas que le han dado problemas. De cuando en cuando, el clin de las llaves cesa, mientras que automáticamente, la hermana se acomoda el velo marrón del que escapan unas cuantas canas.

En esos años, solo tres internas se han atrevido a violar su toque de queda. Después de verse descubiertas por las gafas de marco negro y grueso de la hermana Constanza, todas comparecieron en audiencia con la madre superiora y enfrentaron una costosa suspensión.

Así, Constanza recorre los pasillos del internado de la ciudad, que hace tres décadas y media alberga a las hijas de los campesinos que llegan a terminar su bachillerato en el colegio de monjas de la capital.

Clin, clin, ¡tas! Como hace 35 años, la hermana Constanza llega a la primera pausa en su rutina para darle las buenas noches a su Señor. Los zapatos negros de goma rechinan cuando, despacito, entra a la Capilla del Redentor. Su ceño, que tiene una arruga profunda en medio de las cejas, se relaja al ver la imagen de Jesús resucitado. Da unos cuantos pasos y se pone de rodillas. Tilín, tilín, tilín. El manojo de llaves hace ahora un ruidito de campanas, pues ya no choca con el rosario sino con las baldosas enceradas del santuario.

Con los ojos cerrados, la hermana Constanza deja de sacudir la cabeza y, donde antes había una mueca de reproche, se esboza ahora una serena sonrisa. De sus labios ya no sale un murmullo de desaprobación sino una rítmica oración. El altavoz del internado se ha encendido y la plegaria de la noche arrulla a sus habitantes. Constanza escucha, repite y espera. Al ritmo de los avemarías, se da golpecitos en el pecho y piensa en las oportunidades que aquel día perdió para hablar de su fiel Señor. Una a una, aparecen en su mente las niñas de las que antes se quejó. Una a una, las envuelve en una blanca manta imaginaria y, en su corazón, las envía al cielo para que el Altísimo las llene de bendición.

Cuando el altavoz vuelve a silenciarse, Constanza renueva su recorrido a paso acelerado. Cierra la cocina con su alacena rebosante; revisa el auditorio y cada uno de los escondites que las niñas suelen usar. Finalmente, cuando se acerca al gimnasio, acalla el puñado de llaves con sus manos regordetas. Mira para todos los lados y se asegura, con especial cuidado, que la puerta esté atrancada. Una vez adentro, se calza unos patines viejos que esconde en el armario del entrenador y allí, dándole vueltas a la cancha de baloncesto, pasa la hora más feliz de la jornada. En 35 años, su balance y su resistencia han aumentado de manera exponencial. Mientras se desliza sobre la cancha, ora para que su compasión y su paciencia logren en su alma lo que las horas de patinaje han obtenido con las piernas contorneadas y musculosas que se esconden bajo su falda.

FIN DE TURNO

Han pasado apenas cuatro horas en el turno de la noche y ya has cambiado las sábanas del paciente de la 27 tres veces. "Voltéese para este lado", le dices. Con cuidado, pero con toda la rapidez posible, vas doblando las sábanas empapadas. "Sí, yo sé que tiene una herida abierta, no se preocupe". Lo reconfortas, pero bien sabes que te faltan años para perfeccionar la técnica de pasarlos de un lado a otro sin lastimarlos. Desde el espejo del baño puedes ver reflejada su cara de dolor y también tu expresión de incomodidad y miedo.

Debiste haber esperado un poco más a ver si te salía aquel trabajo en la escuela pública. Sí, ya sabías que algún día te tocaría cambiar sábanas, limpiar heridas, levantar cuerpos. Pero ni te habías imaginado haciéndolo a este ritmo y sin la ayuda de los enfermeros del hospital universitario.

Hace ya un buen rato descubriste que más que ver y oler los desechos, lo que te molesta de este paciente en particular es el quejido constante que sale de su habitación. Por más que te alejas, lo oyes. Aunque estés en el otro lado del pabellón o en el cuarto de descanso, alcanzas a oír su llanto entrecortado. Pareciera que los pasillos oscuros no dejan ir el lamento, de la misma manera que aprisiona el olor a desinfectante y alcohol. Ya le diste su dosis de calmantes, pero te das cuenta de que hasta dormido se queja. No te había tocado un paciente así: tan corpulento y tan quejumbroso. Por su historial deduces que esta semana te tocará cambiarlo al menos 15 veces más. ¿No podrá el doctor de turno aumentar la dosis de antidiarreico?

"Ojalá que no despierte a los demás", te dices en un susurro mientras arrastras tus pies por el pasillo mal iluminado. A medio camino te encuentras de nuevo con la mamá del chiquillo de la 20. Esta es la segunda vez que te llama. Prefieres no entrar, porque quizás llores otra vez. Te salen lágrimas sólo con pensar en aquel niñito, con esas quemaduras en el pecho, las manos y los pies. Al igual que la mamá, tú quieres calmar su dolor, pero sabes no hay nada que hacer. Ya limpiaron las heridas al anochecer y sólo queda esperar.

Se te viene a la mente la lista de olores que hiciste cuando ibas a la facultad. Habías escuchado que el olor de la piel quemada puede durar semanas. Por fortuna, mañana lo trasladan al hospital infantil. Allí al menos aumentarán su dosis de calmantes sin tanta discusión. Mientras ves caer las lágrimas de la madre, calculas que tal vez en tres años este niñito vuelva a tener una vida medianamente normal.

Mientras revisas las máquinas de los pacientes que duermen, notas que faltan 4 horas para el amanecer. Aunque tiene sus desventajas, lo bueno del turno de la noche es que a ratos puedes sentarte a descansar.

Mientras te recuestas en el sofá del rincón viene a tu memoria la imagen de mamá, con su falda blanca, sus medias veladas y zapatos que le hacían juego... y su sonrisa. Pensabas que el de las enfermeras era un trabajo maravilloso. No estás segura si mamá amaba su trabajo o si sonreía por verte a ti, tan chiquitita y queriendo ser como ella.

Cómo quisieras tenerla presente para preguntarle, para reclamar, para pedirle una explicación. Pero no. Ni puedes devolver el tiempo ni puedes descansar. Se acerca el fin del turno y los pacientes te hablan desde los aparatos conectados a su boca, a sus pulmones, a sus brazos. Oyes un quejido. Es el paciente de la 27. Hora de revisar las sábanas empapadas.

NOEMI MECHALI

Noemi Mechali nació en Montevideo, Uruguay, hija de Roberto Fariña y Noemi Carreras. Noemi es la mayor de tres hermanos. Estudió abogacía y ciencias sociales en la Universidad de la República; y es madre de Andrea Carina.

Cuando su hija era pequeña, Noemi decidió mudarse a Colombia donde contrajo matrimonio, relación que duró siete años. Nuevos cambios la llevaron a radicarse en Estados Unidos, donde estudió para ser agente de viajes, se casó por segunda vez con un buen hombre. Compartieron más de veintidós años de vida juntos, viajaron por todos lados, educaron y disfrutaron de su nieto Nathaniel.

Su inclinación por las ciencias ocultas y metafísicas llevó a Noemi a practicar y estudiar Reiki, Yoga, Hipnoterapia, lo que le ha permitido tener grandes satisfacciones ayudando a muchísimas personas a sanar enfermedades físicas, emocionales y espirituales.

Después de perder a su madre, habiéndose quedado sola en medio de tanta desolación, descubrió que era la primera vez que tenía la oportunidad de ser libre, auténticamente ella, la que había querido expresarse y no se atrevió por temor a incomodar a los demás, por temor al que dirían. Así comenzó a plasmar en un papel cuanto sentimiento habitaba en su corazón, la escritura creativa pasó de ser un *hobby* a una terapia de autoayuda.

CONVERSACIONES ENTRE UNA SEÑORA MENTE Y UN SEÑOR CORAZÓN

Ella le dijo a él "oíme tonto, cuánto tiempo hace que vivimos juntos y vos nunca me hacés caso, no me escuchás. ¿Dónde pensás llegar con ese sentimentalismo barato? ¿No te aburrís de que te hieran?".

Y él respondió, "amiga mía, herido y todo sigo latiendo porque sé que de mí depende esta vida".

—¿Por qué no pensás un poco antes de entregarte? —le dijo la Mente.

—Porque si pensara como vos, no sentiría —contestó el Corazón.

—Mírate cómo estás, ¡estás sangrando! Dejame ver qué puedo hacer para curarte. Primero tenés que entender que esa persona no te conviene, te ha mentido algunas veces, es un poco egoísta, tiene muchos compromisos, no puede ofrecerte mucho, etcétera, etcétera, ¿estás de acuerdo?

—Sí, vos tenés razón, pero yo no puedo dejar de sentir lo que siento, yo amo a esa persona.

—¿Y vos creés que esa persona te ama a vos?

—A veces creo que sí, otras veces pienso que no, en realidad no lo sé, pero eso no es lo importante.

—No sabés porque no pensás. Si usaras la lógica… si razonaras… llegarías a la conclusión de que es como yo te digo. Esa persona no te conviene. ¡Grabatelo!

—Debo admitir nuevamente que tenés razón, pero yo no me puedo grabar nada a la fuerza, sólo se han grabado en mí sus ojos, su sonrisa, sus palabras… y vos lo sabés porque no has dejado de pensar en esa persona, la tenés presente todo el tiempo, o ¿me equivoco?

—No, no te equivocas, por eso es que estoy molesta contigo, teniendo yo tantas cosas importantes que hacer y vos quitándome el sueño por una tontería.

—¿Tontería decís?, ¿cómo podés ser tan frívola? Si es lo más importante, verdadero y profundo que he sentido en mi vida.

Así pasaron toda la noche dialogando, reflexionando sobre el mismo tema: "esa persona".

Una pensando, analizando; el otro palpitando, sintiendo y amando.

La Mente mantenía su posición lógica de que no les convenía.

El noble Corazón no podía evitar lo que sentía.

Hasta que llegaron a un acuerdo.

Ambos tendrían que aprender a convivir, respetando sus ideas y sentires, deberían complementarse, saber que los dos eran necesarios.

Al amanecer estaban abrazados, habían soñado juntos, habían comprendido que no se separarían nunca, eran dos partes de un todo y continuarían siéndolo hasta el final de sus días, porque aquel ser humano que los poseía los necesitaría hasta lograr balancearse, cristalizar sus más sublimes propósitos. Para vivir, aprender, crecer, madurar, amar, sufrir, morir y renacer.

Siempre renacer…

MINCHO

El Mincho se había visto obligado a vivir desde pequeño con su madre doña Blanca en aquel pernicioso lugar que la gente llamaba "El conventillo de la Paloma".

Aquí cohabitaban alcohólicos, rateros, mujeres de la vida, niños y hombres de diferentes edades y colores, pero a todos los caracterizaba la misma clase social, la pobreza.

Desde niño se había destacado por escaparse de la escuela, mentirle a su madre si era necesario para evitar una reprimenda. Sin embargo, sus maestras elogiaban su buen compañerismo y solidaridad.

Ya mayor comenzó a robar en los autobuses en días de pago, a los trabajadores más distraídos. Él decía a sus inseparables amigos, el Coco y el Ratón, que lo hacía porque no podía ver que su madre tuviera que trabajar tanto.

Algunas veces participó en algún asalto a mano armada, y si el botín era grande lo repartía entre otros pobres.

Mincho era tan desprolijo como desobediente, su pelo negro brillaba por la grasitud y siempre estaba tan despeinado que parecía un puerco espín.

Sus ojos vivaces y achinados denotaban cierta agresividad, contrastando con los de su madre que eran tan tiernos y profundos.

Doña Blanca hacía honor a su nombre con sus nevados y sedosos cabellos, miraba siempre con bondad y resignación.

Madre e hijo eran dos extremos opuestos. Ella de modales tan suaves, dejaba caer dulzura a su paso cansado, jamás gritaba o rezongaba a nadie, siempre esbozaba una sonrisa dejando entrever sus dientes cariados. Lavaba y planchaba ropa ajena para sobrevivir, todo el tiempo lo había hecho para que al Mincho no le faltara el pan ni la leche.

Tanto amó y consintió a su hijo, que no supo o no quiso ver que el Mincho seguía errando el camino.

Ella rezaba para que Diosito se lo protegiera, y cuando algún agente de la policía llegaba a preguntar por el Mincho, era la única vez que doña Blanca se permitía mentir y lo dejaba esconderse debajo de su cama.

"No agente, no le he visto, hace más de una semana que no viene por aquí".

Un día hubo una gran balacera en el barrio, tres sujetos armados habían asaltado un banco, herido al cajero, matado accidentalmente a un cliente para luego darse a la fuga.

Eran Mincho y sus amigos que estaban atrincherados en una casucha abandonada, pero ya rodeados. La policía les pedía que se rindieran, dos de ellos lo hicieron, pero Mincho continuaba resistiendo, pensando nervioso, las manos temblorosas, fumando un cigarro tras otro, tratando de mantener sus ojos bien abiertos para vencer el sueño.

El sitio duró toda la noche y Mincho, ya agotado, veía desfilar aquellas escenas de todo lo que había hecho mal, de las veces que había hecho sufrir a su madre; mientras que afuera, estaban las cámaras de televisión, los reporteros, en fin, todo el vecindario. Y en medio del escándalo y el bullicio, a través del alto parlante de la policía, la voz de su madre aconsejándolo.

"Hijo mío, te lo suplico, yo te amo, quiero tenerte vivo, quiero volver a abrazarte".

Cuando ya estaba amaneciendo, el Mincho decidió salir con las manos en alto.

Lo que nadie pudo ver fue el revólver que escondía tras su mano derecha, apenas dio unos pasos hacia adelante gritó bien fuerte "vieja, ¡yo también te quiero!".

Pretendió disparar al grupo de oficiales armados y fue entonces cuando lo acribillaron.

Doña Blanca corrió hacia el cuerpo yacente de su hijo para abrazarlo, nadie pudo o se atrevió a impedirlo. Y al besarlo notó un papel que asomaba en el bolsillo izquierdo de su camisa, con unas gotas de sangre salpicadas al lado del corazón.

Descubrió entonces aquella foto que había creído perdida durante tantos años, donde se veía a un Mincho todavía inocente, sonriendo de pequeño, abrazando a su madre.

Doña Blanca dijo entre sollozos "vieron todos, yo sabía que mi hijo no era malo".

VANESSA OROZCO

Vanessa Orozco nació en Cali, Colombia, el 4 de enero de 1982. Vivió en Colombia hasta los quince años, luego se mudó con su madre y hermanos a Estados Unidos. Hija de Patricia Orozco y Hernán Darío Soto, creció sin el soporte de su padre ni de su familia paterna. A su padre biológico lo conoció a los 13 años. Es la mayor de tres hijos y la única mujer por parte de su madre. Tiene una hermana menor por parte del padre. En 1997 su madre se la llevó a Nueva York donde vivió por unos meses con su abuela, luego se mudó a Miami, Florida, donde vivió por los siguientes nueve años. Durante ese tiempo, estudió bachillerato, comenzó a trabajar y visitó lugares como Anchorage, Alaska; Chicago Illinois y Las Vegas, Nevada. En 2006 emprendió camino de nuevo para la Gran Manzana en donde tuvo su primer hijo a la edad de veinticinco años. En el 2009 regresó a Miami, nostálgica por su familia y amigos. A los veintiocho años tuvo su segundo hijo. Vanessa escribe desde los doce años, principalmente poesía. En el último año ha incursionado en la escritura creativa de cuentos cortos.

POSTALES

Postal #1
Relato de una Mariposa Azul

Transformación. Es una palabra compleja. Transformarse requiere de empeño, de cambio, de liberación, de aceptación. Se necesita morir para volver a nacer, y así seguir viviendo. Evolucionar, transmutarse.

Es en ese estado en el que me encuentro ahora. En la muerte en vida, para así re–nacer, para volver a vivir. Con una nueva oportunidad de vivirla desde otro ángulo, desde otra perspectiva.

Aún transito por esos días de oscuridad y confusión. Días de encierro y soledad. En los que hasta inmóvil me encuentro. Inmóvil sí, pero sólo de cuerpo, porque la mente no para de viajar. Viaja hasta los lugares más lejanos del universo buscando respuestas a dudas, incertidumbres y preguntas sin contestar.

Pero en este viaje de mente y espíritu me realicé y comprendí que estas preguntas ya tenían respuestas, algunas tan evidentes que eran fáciles de ignorar. Me di cuenta que las evité inconscientemente por miedo, y en otros casos por vicio o flojera mental. Por estar ausente de mí misma.

Porque en realidad todo está dentro de mí. Todas las respuestas a todas las preguntas. Porque soy el mismo universo sabio e infinito.

Sólo tengo que tomarme el tiempo de quedarme quieta, en silencio, y a oscuras para hallar la luz y poder volar, volar libre por el bosque de las amazonas.

Postal #2
Barcelona

Sentada, desde este cuarto de hotel, puedo ver la ciudad que para mí es extranjera. Edificios antiguos que guardan historias remotas. Gente con miradas perdidas cruzando las calles. Carros que viajan apurados a un destino también anónimo para mí. Y yo aquí, sólo observo, con el vidrio medio empañado gracias al aire acondicionado que enfría el cuarto como una nevera, mientras me llega el aroma a canela molida, del chocolate caliente que acabo de comprar en el café que se encuentra enseguida del hotel. No sé si es el aroma, o el frío, ¿o tal vez la soledad? Lo cierto es que no puedo dejar de pensar en ti. Y me pregunto: ¿podrás ser tú, uno de esos peatones que pasean por en medio de la plaza? ¿O quizás alguno de los conductores que van con tanto apuro a su tan esperado destino? O tal vez te encuentres en una de esas edificaciones antiguas, tan antiguas como el amor que he sentido yo por ti.

A lo mejor si decidiera caminar por las calles de esta enigmática ciudad, si acaso me atreviera, con suerte mis ojos se cruzarían con los tuyos. ¡Qué casualidad más hermosa sería! Porque sin duda me parece injusto y hasta cruel de la vida, que teniéndote tan cerca, no te pueda ver.

Tal vez si tú supieras que aquí donde una vez nos prometimos vernos, aquí me encuentro, algo perdida, algo nostálgica. Moribunda de amor por el tiempo, y con el corazón hinchado, quizás correrías a mi rescate. Lo peor es que no sé cómo hallarte. Un día te esfumaste de mi vida, o te esfumé, ya ni los detalles recuerdo, sólo el sentimiento, sólo tu vacío. Aun así, aquí, desde esta ventana fría te confieso, en esta mañana de julio, que es por ti, que vuelvo.

Postal #3
La Pacha Mama

Es un bonito sentimiento el que este paisaje me trae. Esas corrientes aguas, esos árboles frondosos, el aire limpio, olor a pino y a leña, el sonido de la fuerza del agua que cae moliendo las rocas. Naturaleza viva y constante, poderosa e impredecible. Me llena de un sentimiento de profunda humildad.

Es que cuando uno se encuentra en medio de una selva, se siente pequeñito. Se siente vulnerable y agradecido a la vez. ¡Porque hay que ser agradecido! ¡Agradecido a la madre tierra, a la Pacha Mama! Que siendo tan grande y tan poderosa, su fruto y su sombra nos ha dado, desde su vientre nos ha cuidado y con su calor nos ha cobijado. ¡Es que hay que dar gracias a la madre nuestra, a la Pacha Mama! Siempre, todos los días. Que aun con nuestras injusticias y descuidos, con paciencia y devoción nos ha amado. Que aun con nuestros abusos e inconsciencias, ella siempre nos ha alimentado.

Hoy de nuevo te miro, admirada, y de nuevo agradecida de tenerte.

LA CIUDAD DEL OLVIDO

Caminaba hacia casa en una tarde caliente, algo bochornosa. El camino era largo y culebrero. Tenía que cruzar por en medio de la carrilera del tren, por el lado de un cementerio y luego tenía que subir una larga loma hasta llegar a la cima en donde se encontraba mi casa.

En el sendero me pareció ver a una compañera de clase. La reconocí por sus cabellos rizados color zanahoria. Ella vivía muy cerca de mi casa, solíamos reunirnos una que otra tarde para trabajar en algún proyecto que tuviésemos en la semana. Pensé que quizás me estaba buscando para eso.

En lo que me reconoció, noté que se acercaba más y más deprisa. Ya de cerca pude ver su rostro que me transmitió algo de angustia. De inmediato supe que algo grave pasaba. Me preocupé y empecé a caminar con más prontitud hacia ella, casi corriendo. Cuando nos reunimos se agachó para coger aire, me miró y me dijo: "Ve ligero a tu casa, algo está pasando, se oyen gritos, ruido y llanto". Inmediatamente me dirigí a casa. Corrí tanto que agarré una velocidad con la que me sentía volar. Con mi corazón encogido de temor y mi estómago falto de aire, corrí y corrí.

Pensé en mi madre y mi hermano. Pensé en lo mucho que los amaba y lo poco que se los decía, pensé que si algo les pasaba no lo soportaría. No sé cuánto tiempo me demoré en llegar, pero llegué tan rápido como mis pies me lo permitieron.

Puse la llave en la cerradura de la puerta, a lo que escuché a lo lejos los gritos y el llanto del cual me habían advertido. Abrí la puerta con el mismo impulso con el que palpitaba mi corazón, mis manos temblaban y mi respiración se aceleraba. Al entrar no la veía ni a ella ni a mi hermano menor por ningún lado del primer piso, pero podía escucharlos. Subí despacio y al llegar al siguiente piso lo vi, ahí parado, como si me estuviese esperando. Ese individuo con el que se había casado mi madre hace más de una década. Un hombre que a simple vista para cualquier extraño parecía inofensivo. De contextura atlética, aproximadamente de seis pies de estatura y cabello castaño cenizo. Siempre usaba anteojos que escondían sus sobresalientes ojos color café y que le daban la impresión de ser un toque intelectual. En realidad era un hombre sumergido en culpa, derrotado por sus vicios, sin amor propio. Un victimario.

Expresaba ironía en su risa e injusticia en su mirada, abatido por sus propios desastres, se había convertido en un tirano inconsciente, un dictador. Tal vez era el desprecio que sentía hacia sí mismo lo que lo llevaba a actuar con tal deshonra.

¡Y yo no podía comprender cómo mi madre había escogido a un hombre así y cómo había durado tanto tiempo con él!

No sé cómo me le enfrenté, era el doble de mi tamaño. Sentí la adrenalina subir por mis venas y llegar a mi cabeza. De mis ojos salía fuego. Me vi valiente, capaz de derrotar a cualquier gigante. Lo miré y con firmeza le pregunté: "¿Qué les hiciste?". En el fondo podía escuchar a mi hermano sollozar y a mi madre tratando de consolarlo. Volví a preguntarle, pero esta vez más fuerte: "¡Imbécil!, ¿qué le hiciste a mi madre?!". Su mirada decía más que sus palabras. A este hombre lo conocía bastante bien. Era un machista sin control, en especial cuando tomaba. Me contestó con ironía: "¡No te metas, niña insolente, en lo que no te importa!, ¡no es tu problema!". Su aliento apestaba a licor. Era evidente que llevaba tomando por varias horas.

Le contesté con la misma ironía y tono con el que él se había dirigido hacia mí: "¡Claro que me importa, es mi madre, es mi problema!".

Giré y me dirigí a buscarla a su cuarto. Temía que la hubiese herido, me causaba terror pensar en lo que podía llegar a encontrar. Cuando entré, no la hallaba, pero los sollozos me llevaron al lado del clóset en donde se encontraba acurrucada en el rincón del cuarto. En brazos tenía a mi hermano, quien lloraba intensamente. En sus pequeños ojos se veía que estaba asustado. Mi madre estaba alterada de los nervios, pero tratando de controlarse. Su rostro, brazos y cuello mostraban manchas con variados tonos, como formando hematomas, clara señal del maltrato físico y de su resistencia. En sus mejillas se dibujaban líneas negras en decadencia del rímel que corría de sus ojos. El labio superior un poco más grueso que el inferior, como hinchado y su blusa algo rasgada.

Traté de acercarme, pero mientras caminaba hacia ella, me miró y me pareció que con la mirada me pedía que me detuviera. Me sentí confundida, yo sólo quería ir a abrazarla y también sentía el deber de protegerla. No sabía si estaba más herida de lo que podía observar. Necesitaba saber que estaba bien y que no se sintiera sola. Se puso el dedo índice en la boca, pidiendo silencio. Ahí entendí que tenía miedo. Miedo de que él entrara de nuevo al cuarto y tal vez miedo de cómo yo fuera a reaccionar. Ella no quería que se alteraran más las cosas, sabía que yo sacaría mis propias conclusiones y explotaría en cualquier momento sin medir las consecuencias. Comprendí todo lo que trataba de decirme con su sólo gesto, pero no lo acepté, me era imposible aceptarlo. Mi madre me conocía muy bien. A mí la rabia me estaba consumiendo.

Una fuerza se apoderó de mí, en ese momento no sentía temor, sólo ira. Empecé a caminar hacia la primera planta de la casa, en donde se encontraba el muy desgraciado, sentado en el sofá de la casa con la mirada perdida. Se había quitado las gafas de aumento y las había puesto en la mesita al lado del tocadiscos, que estaba precisamente encendido tocando una canción de Dyango. Caminé directo hacia la mesita y agarré sus gafas sin que él se diera cuenta. ¡Sabía que sin ellas no vería nada, era un pobre ciego ojos de sapo! Me devolví caminando hacia las escaleras y desde ahí le dije: "Eres un desgraciado, algún día vas a pagar todo el daño que nos haces, ¡te odio!".

Subí corriendo las escaleras, entré al cuarto de mi madre y desde el segundo piso lancé sus anteojos por la ventana. Al caer al pavimento se rompieron casi por completo. En ese momento él se dio cuenta de lo que había sucedido, trató de salir a recoger sus lentes, pero ya se habían quebrado.

Subió enfurecido, tenía cara de diablo, de querer matar y comer del muerto, no creo que era sólo por los anteojos. Tal vez por sentir que ya no tenía el control de la situación ni el miedo de todos en esa casa, quizás cayó en cuenta que él era el malo de esta película. Quiso pegarme como lo había hecho con mi madre levantando su brazo en forma de amenaza. Pero yo no temí ni me doblegué, sino que le enfrenté diciéndole: "A ver, pues, si es que se cree tan macho de levantarme la mano". Los hombres machistas creen que sólo pegándole a una mujer son verdaderos hombres ¡cuando en realidad son unos cobardes! A lo que mi madre salió de su rincón cortando mi desaire y sin yo percatarme, se metió en medio de ambos, como una leona herida protegiendo a su cría.

Temiendo que la lastimara más, salí corriendo del cuarto en dirección a la cocina, donde agarré la escoba y volví a subir con la misma rapidez con la que bajé. Le grité desde la puerta del cuarto: "¡Si le tocas un pelo, te mato!". Giró su rostro mirándome como perro con rabia.

No estoy segura si hubiese podido matarlo con el palo de la escoba, lo más probable es que no. Lo cierto es que entendió el mensaje, porque agarró unas pocas cosas personales del cuarto y se marchó de la casa en cuestión de minutos. Quizás fue la seguridad con la que le hablé, lo cierto es que sería capaz de eso y de mucho más por defender a mi familia.

La severidad de la situación se hizo palpable para nosotros. Él volvería y no podíamos quedarnos ahí esperando el inminente regreso de un perro con la cola entre las piernas pidiendo perdón. Por lo menos ahora que mi madre no se encontraba bajo la influencia psicológica de él, me era posible convencerla de que huyéramos. Ella, dolida y derrotada, aceptó. En la madrugada siguiente tomamos el primer autobús que nos llevaría hacia una nueva vida, a La Ciudad del Olvido.

JAIRO SEBASTIÁN ZANETTI

Nacido un 1 de marzo de 1986 en la provincia Argentina de Entre Ríos (mejor conocida en la jerga popular como la tierra de los "panza verde"), Jairo Sebastián Zanetti, muestra su interés por la literatura ya en su edad adolescente.

En lo estrictamente literario se le pueden considerar los siguientes logros:

–Tercer lugar en el concurso "El Árbol de Guernica" (poesía: Libertad en Guernica, 2012, Buenos Aires, Argentina).

–Tercera mención en el concurso Homenaje a la hermana Inna Cepeda (poesía: Homenaje a la hermana Inna Cepeda).

–Premio especial cuento: Elementos del maestro en el I Concurso Internauta de cuento y poesía del reconocido escritor venezolano **Laab Akaakad** (Venezuela).

Participa en la selección de antologías como: "Pluma tinta y papel" (Diversidad literaria, España, 2012), "Toma la palabra toma el mundo", (España, 2012), II Certamen de relatos breves "Yo deportista" (España, 2012), Latidos de la vida (editorial Libróptica, 2013, Argentina); forma parte de la primera edición de la revista digital Literatura del arte (Colombia, 2013); participa en la antología "Poetas y Narradores contemporáneos" de la editorial Los Cuatro Vientos, además de haber colaborado con la revistas Literarte, Entre Líneas, Ombligo, Peripecias literarias y La vuelta al Libro.

EL AGENTE PANTERA

La luna está llena, anclada entre la noche, aunque la niebla reinante no da lugar al visor de los ojos. Dos hombres vestidos de vagabundos vigilan el lugar, mientras calientan sus manos en los ramales del fuego. Los árboles, pelados de hojas, invitan al silencio profundo y misterioso cual esqueletos naturales del clima.

Una grabación al gerente del local, alcoholizado en el bar Marchal, es el mapa perfecto para el suceso.

Muchos años de estudio han pasado para pulir los detalles. El túnel fue hecho a pulmón de la ambición. Las alcantarillas de la metrópolis son las vías perfectas, no sólo de las ratas, para el conducto del hurto. La hora secreta ha llegado. Diez hombres se dirigen por las arterias que van de la calle Richar a Pliston. A las afueras, dos supuestos vagos aseguran la acción. No tardan en llegar. Irrumpen por detrás de uno de los cuadros de Picasso, usan gomas magnéticas que se adhieren a las paredes como las telas de arañas y, como tales, se deslizan. Nadie ha visto el gran agujero. Burlan todas las alarmas. El oficial de turno (algo dormido) no logra advertir su presencia. Uno de los hombres de negro, totalmente encapuchado, saca un arma de fino calibre y efectúa un solo disparo. El silenciador no permite advertir el estruendo. El policía cae abatido contra la pared, tambalea y se raspa contra ella hasta desplomarse.

La sangre es el lenguaje de que el disparo fue certero. Los ladrones se deslizan de tal manera que ni una sola de las cámaras puede apreciarlos. Todo ha sido calculado con precisión quirúrgica. Las alarmas, las cámaras, las trampas ocultas de silencio. Giran la llave de la caja fuerte: f,g,008hi,alfa, la clave es exacta. Los montículos de oro y dinero son depositados en grandes bolsos. Los intrusos regresan de camino, siempre inadvertidos por todos. El banco Dorado ha sido robado. Todos desaparecen de manera increíble.

La policía llega a las tres horas del delito, después de que una de las alarmas se activara tardíamente. El oficial Milen ha sido gravemente herido. Ha sangrado demasiado. Pero la bala no fue tan eficaz como para matarlo. Todos habían anunciado su muerte.

El ejército de ciudad Zeta y todas las fuerzas de seguridad recorren los alrededores buscando pistas. Alrededor de veinte perros olfatean los linderos. Nada descubierto, sólo el túnel, un túnel sin rastros, incierto hacia la nada y algunos que otros harapientos disfraces junto a las cenizas de aquella fogata ya desvanecida, cercana al ombú de la plaza Rimbó.

El hecho sale en todos los medios de comunicación. En las primeras planas de los diarios como el gran robo. El robo del siglo XXI. Los reporteros preguntan a los gerentes:

– ¿Cómo creen ustedes que ha sucedido esto?

–No lo sabemos con certeza. Es inexplicable que hayan burlado todas las vallas de seguridad e incluso las invisibles. Solo las arañas domesticadas podrían hacerlo.

Después del largo mes, casi cuando todos hubieron olvidado el hecho, el experimentado oficial Milen se ha recuperado de la flecha en fuego de plomo. Es un milagro de la ciencia el que haya esquivado a la muerte. Biólogos y especialistas de la aleación genética han probado en él un nuevo implante hormonal. Su cuerpo respondió perfectamente al experimento, las células heridas se vieron regeneradas muy deprisa. Es el primer hombre que posee células de animal entre las suyas, una combinación que le beneficia en plasticidad y fortificación muscular, además de una detallada visión a distancia, es el resultado de lo invencible. Decidido a todo, sobre todo a hacer justicia, salió del hospital donde se internaba con un aura sumamente electrizante.

Por desgracia, nunca pudo ver los rostros del crimen. Pero está decidido a ir por ellos y hacer justicia. Regresa al banco la misma noche en que los médicos le han dado de alta. Observa todos los rincones, divisa una leve marca sobre la pared. Corre el cuadro de Picasso, salta ágilmente y entra por el túnel. Camina hacia el final de la calle Richar, sin ser visto por la sociedad que deambula por encima de los drenajes. Tiene una lupa natural en sus ojos, sigue observando cada rincón, ve un pétalo de jazmín disecado e incluso un hueso puntiagudo, con el cual pudieran haber escarbado, olfatea cada milímetro donde pudieron estar las pisadas de los criminales. Sabe que sólo existe un lugar donde huesos y flores se reúnen en soliloquio. El cementerio Morden.

Otra vez la noche es más noche entre espejos de humedad. Milen entra al Morden, se ha vestido de cuidador. Entre los sepulcros y las cruces, un sospechoso se mueve ante la soledad de los muertos. Milen lo ve entrar a una especie de capillita. Lo sigue y lo espía sin que pueda dar cuenta de su presencia. Lo hace por un ventanal de vitrales resquebrajado. El sospechoso viste de negro. Abre la tumba. Hace a un lado los huesos. Corre un cráneo. Milen sabe que algo oculta. El sospechoso se va, sale del cementerio. Milen entra a la capillita rápidamente, baja los escalones mientras va cortando con sus manos en tijera espesas telarañas y, al frente de una cruz de cristal prácticamente cubierta por el polvo, indaga la tumba y encuentra el tesoro.

A la misma hora del día siguiente, la banda se reúne. Esa es la noche de las noches, la hora señalada en que se deciden. Trasladarán el tesoro por crucero al otro lado del mundo. En el continente africano nadie podría encontrarlos jamás. Serían millonarios para siempre. El capitán de la banda regresa al cementerio, mientras la sociedad duerme plácidamente. Lo hace antes que el resto de la banda. Allí se encontrarían para huir. Baja los escalones, como cada noche en la cual regresó para resguardar las reliquias, abre la tumba, corre los huesos y se le salen los ojos.

—Maldita sea, alguien ha robado el dinero.

Un ladrón que le robara a un ladrón y que con inteligencia académica, le dejó una grabadora.

El jefe de la banda presiona el botón de encendido y escucha:

—El dinero será devuelto a sus propietarios y tú y tus secuaces irán a parar al calabozo.

Con los nervios crispados, el sudor comenzó a consumirlo. Al girar hacia atrás —de manera mecánica— apareció Milen a pasos pausados. Lentamente se movió entre el resplandor que entraba por los vidrios. Enteramente vestido de blanco. Un blanco extraño.

—No puede ser, es un fantasma, yo te he matado. Te vi caer abatido el día del robo perfecto —con los labios temblantes logró decir uno de los gerentes del Dorado.

Hubo un cruce de ojos como estacas. El gerente sacó una ametralladora de su chaqueta y emitió disparos interminables, todos golpearon en el cuerpo semejante a un metal blindado de Milen. El ladrón lanzó la ametralladora que había quedado sin cartucho y salió corriendo hacia los pasajes del tenebroso cementerio, asustado y despavorido, intentando por todos los medios humanos de escaparse. Milen dejó que se escabullera. Le dio la suficiente ventaja. Luego lo persiguió de una manera sobrehumana. Era un hombre pantera. Se movía como las fieras utilizando sus brazos y sus piernas que lo impulsaban a una velocidad que la mente del hombre jamás comprendería. Ahora era cien veces más flexible y fuerte que ninguna otra criatura sobre la Tierra. Saltó y trepó entre las tumbas acortando el camino. Nada ni nadie parecía detenerlo. Parado entre la punta de una cruz de piedra se lanzó hacia el gerente, de tal manera que le fue imposible evadirlo. Lo tomó por la chaqueta negra, y casi ahogándolo le mostró sus garras y colmillos. Pudo degollarlo en aquel instante, vengar el intento de su muerte, exterminar al enemigo, pero lo dejó vivir. Entre las últimas horas, a la madrugada, lo ató a la puerta del banco junto al paquete del tesoro. La gente pudo verlo amordazado, con su rostro rasguñado y sangrante, tiritando de miedo, con un mensaje sujeto a su cuello que decía: "El crimen tiene los pulmones infectados como para seguir respirando la eternidad". El resto de la banda fue arrestada en el cementerio, entre ellos se encontraban algunos policías retirados y soldados del ejército. La leyenda del policía pantera comenzó a vivir, mientras multiplicaba la justicia en los callejones del territorio Zeta.

COMO SI FUERA EL ÚLTIMO DÍA

Hubo una vez en una antigua ciudad llamada Laberinto, un hombre, el cual cargaba, como cada persona de este mundo, con la cruz simbólica de sus días sobre su espalda. Era de esos que viven quejándose de todo lo que sucede a cada instante y preocupándose por esto y aquello sin apreciar las bendiciones constantes que la vida otorga, como ver, sentir, abrazar, tocar, amar, contemplar, pensar, oír, caminar, entre otras extraordinarias cosas que a menudo pasan por la vida de los hombres siendo desatendidas por ser tan cotidianas, naturales o innatas para la felicidad de un ser humano.

Hasta que llegó un día, en el cual Dios, alfa y omega del infinito, que todo lo oye y lo ve decidió aparecerse a través de una bellísima luz, entre morada y dorada, jamás apreciada sobre la Tierra. El hombre enmudeció al visualizar tamaña magnanimidad cósmica por lo cual sólo se escuchó la voz misteriosa y poderosa del Padre de la existencia. Mientras aquel sublime canal de luz que lo representaba cambiaba de colores, unos más preciosos que otros, la voz de la totalidad se hizo presente:

–Siempre te he dado mucho más de lo que has podido apreciar o valorar, pero como tienes el alma dormida ni siquiera te has enterado de las majestuosidades que te pertenecían, por ello será tu castigo regresar a una fase inicial de la vida.

Luego de oírse el juicio de Dios, éste, sin titubear y al sonido agudo de un chasquido entre las prolongaciones mágicas de aquel fuego, convirtió al hombre en una oruga. Sin decir ni una sola palabra más, se desvaneció su presencia celestial.

Entonces el hombre debió recorrer el camino de su martirio celeste. Aunque aún conservaba su conciencia humana, ya no poseía su antiguo cuerpo y en vez de caminar, debía arrastrarse —como pidiendo algún tipo de perdón al universo— por suelos o ramajes de los árboles. A la vez debía cuidarse de sus depredadores o de que algún hombre —ahora de la tierra de los gigantes— lo aplastara sin verlo o por considerarle una molestia para su propia vida. Fue cuando comenzó a recapacitar sobre su condición pasada, donde podía caminar, correr o deslizarse por muchos sitios, incluso mucho más rápido que lo que ahora le permitía su condición. Y pensó en lo mal que se comporta el hombre con los seres, para su razonamiento sin importancia.

Cuando la soga del destino parecía apretar su cuello, sintió que había llegado otro momento. Ahora debía formar el capullo para luego de un tiempo ser mariposa. Esto le llenaba de regocijo, pues pasaría a tener alas y podría volar a muchos sitios mientras decoraba la vista del mundo. Llegó así la hora de la metamorfosis y se transformó en una bellísima mariposa. Rompió el capullo como un cascarón y voló, sintiendo la levedad y gracia de su cuerpecito alado. Fue el primer día, en mucho tiempo, que fue feliz, verdaderamente feliz, aunque recordó que las mariposas violetas de la primavera sólo viven un día. Entre algo de tristeza y sabiendo que no volvería a su antigua condición humana, decidió disfrutar al máximo ese presente. Y así fue.

Al caer la noche, sintió que sus fuerzas vitales mermaban y supo que la hora estaba dispuesta para su muerte. De todos modos, había aprendido una cosa: que podía ser feliz aunque viviera un único amanecer.

Entonces cayó desplomado entre las flores aromáticas del campo y mientras agonizaba en el punto final, Dios regresó con su infinita y maravillosa presencia. La luz divina cubrió la mariposa y volvió a convertirlo en un ser humano, con la diferencia de que ahora su alma estaba más viva que nunca.

Luego de los hechos, Dios preguntó:

—Cuéntame lo que has aprendido en mi escuela del amor.

—Ahora lo sé, Señor mío. Le pido perdón y le doy las gracias por su maravillosa misericordia. Sé que debo vivir cada día disfrutando las bendiciones que prodigas, como si fuera el último de mi existencia —contestó el hombre, mientras se recostaba a los pies de la luz maravillosa, como besando su portento, en posición reverente.

Por el palpitar de la noche más hermosa que vivió y el canto de los seres mágicos ocultos al ojo, éste supo que Dios estaba conforme con su respuesta.

Antes de partir, el Rey de las alturas dijo:

—Ahora llevarás tu mensaje de luz a otros seres tristes que vagan por el mundo sin atender a las bellezas de mi creación y, por cada corazón que alegres, Yo mismo, seré quien multiplique tu sonrisa por los siglos de los siglos.

—Así será —respondió el hombre, mientras todo regresaba a la naturalidad y emprendía su camino de maestro de cara a la luz del sol que comenzaba a abrir los telones de la noche.

Libro impreso en los Estados Unidos de América.

www.ingramcontent.com/pod-product-compliance
Lightning Source LLC
Chambersburg PA
CBHW030338020726
47493CB00004B/1324